소중한 _____ 에게

_____ 가(이) 선물합니다.

_____

로빈슨 크루소

대니얼 디포 지음

영국의 작가이자 저널리스트입니다. 상인의 아들로 태어나 잡화점을 경영하다가 1688년 윌리엄 3세의
군대에 들어갔습니다. 작가로서 국왕의 편에서 풍자시나 시사적인 글을 많이 쓰다가 곤경에 처하기도 했습니다.
그러다 「빌 부인의 유령 이야기」(1706)라는 실화 같은 글을 쓰면서 소설가로 명성을 얻었습니다. 디포는 문학사에
영원히 자신의 이름을 남길 소설 「로빈슨 크루소」(1719)에서, 난파되어 혼자 무인도에 표류한 로빈슨 크루소의
이야기를 실제로 겪은 듯이 치밀하고 박진감 있게 그려 내어 전 세계 어린이들에게 꿈과 희망을 주고 있습니다.
이 밖에도 「해적 싱글턴」(1720) 「로크사나」(1724) 「영국 여행기」(1724~1726) 등의 작품이 있습니다.

이슬기 엮음

경북 영주에서 태어났으며, 「아동문학평론」의 추천을 거쳐 동아일보와 대구매일신문 신춘문예에
각각 동화가 당선되어 문단에 나왔습니다. 그동안 지은 책으로는 「엄마붕어의 눈물」 「녹색 비밀의 집과 만리장성」
「녹색 비밀의 집과 마법의 부채」 「하늘로 날아간 수박」 「하늘을 나는 하얀 코끼리」 「엄마도 장난꾸러기였대요」
「별 따는 궁전」 「북소리」 등의 책을 펴내, 현대아동문학상 · 불교아동문학상 · 올해의 작가상 · MBC창작동요제
동요대상 · 국립국악원 국악동요제 동요대상 · 성남창작동요제 동요대상 등을 받았습니다.

2024년 11월 15일 2판 9쇄 **펴냄**
2011년 10월 10일 2판 1쇄 **펴냄**
2005년 3월 1일 1판 1쇄 **펴냄**

펴낸곳 (주)효리원
펴낸이 윤종근
지은이 대니얼 디포 · **엮은이** 이슬기 · **그린이** 류영자
등록 1990년 12월 20일 · **번호** 2-1108
우편 번호 03147
주소 서울시 종로구 삼일대로 457, 406호
전화 02)3675-5222 · **팩스** 02)765-5222

ⓒ 2005, (주)효리원

이메일 hyoreewon@hyoreewon.com
홈페이지 www.hyoreewon.com

로빈슨 크루소

대니얼 디포 지음
이슬기 엮음 / 류영자 그림

 효리원
hyoreewon.com

이 소설은 영국의 소설가 대니얼 디포가 쓴 해양 소설입니다. 디포는 영국의 수도 런던에서 정육점을 경영하는 집에서 태어났습니다. 그는 일찍부터 여러 가지 사업에 손을 댔으나 번번이 실패하고 글 쓰는 일에만 전념을 했습니다.

초기에는 정치 논문 같은 글을 썼지만, 1719년에 『로빈슨 크루소』라는 소설을 써서 대단히 좋은 반응을 얻었습니다.

소설의 주인공 로빈슨 크루소는 어려서부터 넓은 바다를 누비는 선원 생활을 꿈꾸었습니다.

친구의 이야기를 듣고 배를 타기 시작하면서부터 로빈슨 크루소의 떠돌이 생활은 시작됩니다.

풍랑을 만나 죽음 직전까지 갔던 고통도, 해적의 노예가 되어 겪게 된 고생도, 그의 마음속에 자리잡은 바다에 대한 그리움을 잠재우지는 못합니다.

그러던 어느 날, 로빈슨 크루소가 탔던 배가 풍랑을 만나 암초에 부딪치면서 그의 무인도 생활이 시작됩니다.

사람의 그림자조차 찾아볼 수 없는 무인도에 혼자 남게 된 로빈슨 크루소. 그는 구조를 기다리면서 혼자 살아가는 법을 배웁니다. 나뭇가지를 이용해 동굴에 집을 짓고, 사냥을 하고 농사를 지어 먹을 것을 마련하고, 짐승의 가죽으로 옷을 지어 입는 등 최소한의 기본적인 생활을 위해 자신이 지닌 지식과 기술을 최대한 동원합니다.

오는 사람도 가는 사람도 없는 무인도에서 외로움과 처절하게 싸우면서 살아가는 로빈슨에게는 좌절과 아픔, 고통과 위기가 수시로 닥칩니다. 기르던 개의 죽음을 지켜보는 아픔, 몇 달 걸려서 완성한 통나무배를 그냥 버리면서 느끼는 실망, 식인종들의 침입, 반란자들의 공격 같은 숱한 어려움을 겪으면서도 끝내 살아남을 수 있었던 것은, 그에게 스스로에 대한 믿음, 희망, 용기, 인내 같은 것들이 있었기 때문입니다.

무인도에서 보낸 28년의 세월. 인간의 한계를 느끼고 스스로 포기해 버리고 싶었던 그 세월을 꿋꿋하게 참아 낸 로빈슨 크루소의 인내와 용기, 지혜와 개척 정신이 책을 읽는 여러분에게도 그대로 전달되기를 기대합니다.

엮은이 이슬기

폭풍의 바다

"철썩, 쏴아, 철썩……."

깊은 잠에 빠졌던 나는 요란한 파도 소리에 눈을 떴다.

이리 기우뚱, 저리 기우뚱하면서 배는 이미 아수라장이 되어
있었다.

바다를 집어삼킬 듯한 성난 파도 소리 사이로 선원들의 다급
한 고함 소리가 들려왔다.

'예삿일이 아니군. 부모님 말씀대로 배를 타지 말았어야 했
어…….'

불길한 예감이 온몸을 휘감았다.

나는 아버지와 어머니의 말씀을 듣지 않은 것이 몹시 후회스

러웠다.

아버지는 본래 독일 사람이었으나 영국에 건너와서 장사로 돈을 많이 벌었고, 영국의 부잣집 딸인 어머니와 결혼해서 아들 셋을 낳고 행복하게 살았다.

하지만 육군 중령이던 첫째 형이 아버지의 반대에도 에스파냐 전쟁에 나갔다가 전사를 하고, 둘째 형은 아무도 모르게 슬그머니 집을 나간 이후로 소식이 끊기자, 아버지는 셋째인 나는 꼼짝 않고 집에 있기를 원했다.

더구나 내가 "선원이 되어 세계를 누비며 여러 나라를 여행하고 싶어."라고 말하는 것을 들은 뒤부터는 더욱 꼼짝도 못하게 했다.

그런데 며칠 전 나는 부둣가에 나갔다가 우연히 친한 친구를 만나게 되었다.

"지금 이 배를 타고 런던으로 가려던 참이야. 나랑 같이 가지 않을래?"

친구의 말을 들은 나는 귀가 솔깃해졌다.

"그렇지만……. 가진 돈도 없고, 아버지께 말씀드리면 허락은커녕 걱정만 들을 텐데……."

"돈 걱정은 하지 마. 이 배는 우리 아버지 것이니까 그냥 타

9

도 돼. 그리고 네 아버지께는 나중에 편지로 알리면 되잖아. 넌 이제 어린애가 아니야. 열아홉 살이면 혼자서도 충분히 결정할 수 있는 나이라고……."

친구의 말을 들은 나는 앞뒤 생각도 없이 그냥 배에 덥석 올라탔다.

배가 출항한 그날, 나는 한없이 들떠 있었다.

그런데 다음 날 아침 갑자기 폭풍우가 몰아치기 시작했다. 나는 몇 번이나 바닥으로 굴러 떨어졌고, 다시 갑판 위로 간신히 기어 오르기를 되풀이했다.

주위는 먹물을 뿌려 놓은 것처럼 깜깜했다. 집채만 한 파도가 금방이라도 배를 집어삼킬 듯이 달려들고 있었다.

"쏴아쏴아!"

파도 소리는 귀청을 찢을 것처럼 울려 퍼졌고, 허옇게 부서지는 물결은 마치 악마의 이빨처럼 번뜩였다.

뱃머리에 부딪힌 거대한 파도가 폭포처럼 머리 위로 쏟아져 내렸다.

앞쪽 갑판이 한쪽으로 기우뚱하더니, 다시 불쑥 치솟아 오르면서 바닷물을 뒤집어썼다.

"배가 가라앉을 것 같습니까?"

나는 물을 흠뻑 뒤집어쓴 채, 갑판 위에서 장비를 챙기느라 분주한 선원을 향해 고함을 질렀다. 그러나 내 목소리는 폭풍 속으로 빨려들어가 버렸다.

내 쪽으로 고개를 돌린 선원은 알아들을 수 없는 소리를 지르며 손짓을 했다.

"위험해. 어서 선실로 들어가!"

라고 말하는 것 같았다.

뱃머리에 매달려 필사적으로 파도와 싸우는 선원들의 얼굴

에 검은 그림자가 점점 짙어졌다.

문득 하늘을 향해 두 손을 모으고 있는 선장의 모습이 눈에 띄었다.

'다 틀린 모양이야. 이제 운명에 맡겨야 되는 건가?'

나는 현기증 때문에 휘청거리는 몸을 겨우 추스르며 선실로 내려왔다.

또 한 번 배가 갑자기 기울면서 내 몸은 침대 위로 쓰러졌다. 고향에 계시는 아버지, 어머니의 얼굴이 어른거리고, 뜨거운 눈물이 볼을 타고 주르르 흘러내렸다.

"아, 하느님! 살려 주십시오. 살아서 부모님 곁으로 돌아갈 수만 있다면 다시는, 다시는……."

이 위험에서 벗어나 살아 돌아가기만 한다면 다시는 바다에 나오지 않으리라 다짐하며, 손을 높이 치켜들고 간절하게 기도를 했다.

폭풍은 쉬지 않고 계속되었다. 금방이라도 배가 바다 한가운데로 가라앉아 버릴 것 같아 도저히 그냥 있을 수가 없었다. 나는 불안한 마음을 진정시키려고 다시 갑판 위로 올라갔다.

근처에 정박해 있던 배 한 척은 이미 보이지 않았고, 또 다른 배 두 척은 닻줄이 끊어져서 바다 한복판으로 밀려 나가더니, 눈 깜짝할 사이에 모습을 감추어 버렸다. 이렇게 사납게 폭풍우가 휘몰아친 것도 벌써 여러 날째다.

바닷물이 배 안까지 들어왔는지, 아래쪽 선실을 향해 뛰어가는 선원들의 발자국 소리가 철벅거렸다. 나도 재빨리 뛰어내려갔다.

배 밑바닥에 커다란 구멍이 뚫려서 바닷물이 분수처럼 솟구쳐 오르고 있었다. 선원들이 펌프질을 해서 계속 물을 퍼냈지만, 배 안의 물은 쉴 새 없이 불어나기만 했다.

나도 그들 사이로 달려들어 펌프질을 해 보았다. 물의 힘이 그렇게 센 줄 미처 몰랐다.

그때였다. 밖에서 "펑! 펑!" 대포 소리가 들렸다.

비상 신호였다. 마침내 닻줄이 끊겼거나, 아니면 배가 암초에 걸린 모양이었다.

"아아, 이젠 정말 끝장이구나!"

생전 처음으로 겪는 지옥 같은 시련 속에서 나는 더 이상 서 있을 힘도 없었다. 머리가 어질어질하더니 사람들의 모습이 희미해졌다. 나는 그 자리에 힘없이 픽 쓰러지고 말았다.

구원의 손길

　시간이 얼마나 지났을까? 누군가가 다리를 꾹 밟고 지나가는 바람에 나는 정신을 차리고 눈을 떴다. 선원들은 여전히 물을 퍼내고 있었다. 그러나 바닷물이 계속 쏟아져 들어와서 사람들의 허리를 휘감았다. 물은 사람들을 둘둘 말아서 바닷속으로 끌고 갈 것 같은 기세로 자꾸만 밀려들었다.

　"선장님, 이제 우린 어떻게 될까요?"

　나는 덜덜 떨리는 목소리로 옆에 서 있는 선장에게 물었다.

　"큰 배를 향해 구조 신호를 보내고 있다."

　선장은 굳은 표정으로 담담하게 대답했다.

　"그렇지만 어떻게 우리 신호를 듣겠어요? 우리는 이미 죽은

목숨이에요!"

"다 틀렸어!"

선원들이 모두 절망하고 있을 때, 배 한쪽에서 느닷없이 기쁨의 함성이 들려왔다.

"저, 저기, 보트가 오고 있다!"

나는 고개를 길게 빼고 바다 쪽을 바라보았다. 바다 한가운데에 큰 배가 떠 있었고, 그 배에서 내려보낸 보트 한 척이 파도를 헤치며 우리에게 다가오고 있었다.

"와!"

우리는 일제히 함성을 질렀다.

보트가 아슬아슬하게 파도 위를 오르내림에 따라 내 기분도 연신 오르락내리락했다. 큰 파도 속의 보트는 마치 나뭇잎처럼 작고 연약해 보였다. 파도가 금방이라도 보트를 휩쓸 것만 같아 조마조마했다.

"조심, 조심!"

"안 돼! 이쪽이야! 이쪽!"

보트가 파도에 휩쓸려 엉뚱한 곳으로 미끄러져 갈 때마다 선원들 입에서는 저마다 탄식이 터져 나왔다.

보트는 한참을 떠돌다 간신히 우리 배 근처까지 왔다. 그러나 거친 파도에 흔들리고 밀려서 좀처럼 배 옆으로 다가오지는 못했다. 노를 자칫 잘못 저었다가는 뱃머리에 부딪혀서 보트가 산산조각 날지도 모를 일이었다.

"밧줄을 던지시오!"

보트에서 고함 소리가 들려왔다.

선원들은 구명대가 달려 있는 튼튼한 밧줄을 보트를 향해 조심조심 내리기 시작했다. 마침내 보트에서 밧줄을 받았다. 그들은 밧줄의 양쪽 끝을 보트와 우리 배에 꽉 붙잡아 매었다. 줄이 팽팽하게 당겨지자, 나를 비롯한 선원들은 한 사람씩 밧줄에 매달렸다.

이렇게 해서 열다섯 명 모두 바닷물에 흠뻑 젖은 채 무사히 보트에 옮겨 탈 수 있었다. 그러나 그 많은 사람들을 작은 보트에 태우고 다시 파도를 헤쳐서 큰 배로 돌아가는 것은 무리였다. 하는 수 없이 가까운 해안으로 방향을 바꾸었다.

"아아, 우리 배 좀 봐!"

누군가가 소리쳤다.

나는 문득 뒤를 돌아보았다. 파도는 처참하게 망가진 배의 마지막 부분까지 완전히 삼켜 버리고 있었다.

그 광경을 말없이 지켜보는 선장과 선원들의 눈에서는 눈물이 흘러내렸다.

그동안에도 구조대원들은 필사적으로 노를 저어 해안 쪽으로 나아갔다.

배가 높이 솟구칠 때마다 해안 쪽에 있는 등대에서 위치를 알리는 불빛이 더욱 반짝거렸다.

해안에서는 많은 사람들이 기다리고 있다가 보트가 닿자마자 지친 우리를 끌어올려 주었다.

보트가 닿은 곳은 우리 배의 도착 예정지였던 야마스 항구에서 멀리 떨어진 거친 해안이었다.

"살았다!"

사람들이 일제히 만세를 불렀다.

구사일생으로 목숨을 건진 우리 일행이 야마스 거리에 도착한 것은 다음 날 아침 해가 뜰 무렵이었다.

야마스 시청 직원들이 나와서 난파선에서 간신히 살아남은 우리들에게 잠자리와 먹을 것을 마련해 주었다. 그리고 고향으로 돌아갈 수 있도록 여비까지 주었다.

해적들

폭풍우로 호되게 바다에 혼이 난 나는 다시는 배를 타지 않겠다고 마음먹고, 하루빨리 부모님의 품으로 돌아가야겠다고 생각했다.

"혼났지?"

친구의 아버지인 선장이 다정하게 물었다.

"그럼요. 다시는 배를 타지 않을 거예요. 선장님은요?"

"나야, 배를 타는 일이 직업이니까……."

"그럼 어디로 가실 건데요?"

나는 선장의 표정을 살피며 물어보았다.

"음, 아프리카 서쪽에 있는 기니아 지방으로 가려고 해. 전

에 한번 가 본 적이 있거든. 돈벌이도 좋았고, 경치가 아주 볼

만했지."

경치가 볼 만했다는 소리에 나는 다시 귀가 솔깃해졌다.

"그 말을 들으니 갑자기 가 보고 싶어지는데요."

"그렇게 혼나고도 또 배를 타려고?"

"이제 괜찮을 거 같아요. 사실 어릴 때부터 선원이 되는 게

제 꿈이었거든요."

"그래? 그럼 한번 가 보자. 뱃삯은 받지 않으마. 떠나기 전

에 장사가 될 만한 물건을 사 가지고 가면 상상도 할 수 없을

정도로 많은 이익을 남길 수 있을 게다."

나는 야마스 시청에서 마련해 준 고향 갈 여비로 장난감,

칼, 목걸이, 옷감 같은 물건들을 잔뜩 샀다.

배에 올라 항해를 하는 동안에 선장은 나에게 항해술, 천문

학, 수학 등 선원들이 알아야 할 지식들을 가르쳐 주었다.

이번에는 배가 무사히 목적지에 닿았다.

나는 가지고 간 물건들을 기니아 지방의 흑인들에게 팔아서

무려 여덟 배의 큰돈을 벌 수 있었다.

선장은 그 돈으로 기니아 지방의 사금을 사 가지고 돌아가라

고 일러 주었다.

런던으로 돌아온 나는 사금을 팔아서 또다시 많은 돈을 벌 수 있었다.

'아름다운 경치도 실컷 구경하고, 돈도 많이 벌고…….'

나는 이 놀랄 만한 성공에 매력을 느꼈다. 그래서 계속 배를 타면서 무역을 하기로 작정했다.

그런데 안타깝게도 나에게 이것저것 친절하게 가르쳐 주던 선장이 귀국 후 갑자기 세상을 떠났다. 나는 그 소식을 듣고 무척 안타까웠다. 하지만 그 배의 부선장이었던 사람이 선장이 되어 다시 배를 타고 기니아로 떠날 수 있었다.

나는 물론 그 배에 선원으로 올라탔다. 처음 배를 탔을 때와 같은 폭풍우는 거의 만나지 않았다. 배는 비단결같이 부드러운 바다 위로 미끄러지듯이 달렸다. 바다는 낮이 되면 태양빛을 받아 금빛으로 반짝거렸고, 밤이 되면 달빛을 받아 은빛으로 찰랑거렸다.

아침마다 해가 떠오르는 모습을 보면 가슴은 커다란 희망으로 벅차올랐고, 해가 지고 달이 뜰 무렵이 되면 마음은 언제나 어머니 품에 안긴 것처럼 포근하기만 했다.

그러던 어느 날이었다. 여느 때와 다름없이 아침 해가 검푸른 물결을 헤치고 떠올라 바다를 온통 붉은색으로 물들였다.

"수상한 배가 나타났다!"

해가 모습을 막 드러냈을 무렵, 배 앞쪽의 높은 곳에 올라서서 망을 보고 있던 선원의 고함 소리가 들려왔다.

아침 안개 저편에서 커다란 배 한 척이 우리 배를 향해 빠른 속도로 다가오고 있었다. 왠지 불길한 느낌이 들었다. 나도 모르게 긴장이 되어 마른침을 꿀꺽 삼켰다.

불현듯 세상을 떠난 선장의 말이 떠올랐다.

'이 근방에는 모르족이라는 흑인 해적선이 있단다. 그들은 상품을 싣고 가는 상선만 공격해 돈과 물건을 빼앗고, 선원들을 노예 시장에 팔아넘기지. 이곳을 지날 때에는 특히 조심해야 해.'

이런 생각을 하고 있을 때, 선실에서 뛰어올라온 선장이 큰 소리로 외쳤다.

"해적선이다! 전속력으로 달아나라!"

불길한 예상이 적중한 것이었다.

해적선은 크고 작은 돛에 바람을 잔뜩 안고 전속력으로 우리를 향해 달려오고 있었다.

우리 배도 속력을 최대한 높여 달아나기 시작했다. 세 시간, 다섯 시간……. 시간이 지나면서 두 배 사이의 거리가 점점 좁

혀졌다.

"걱정할 것 없다. 우리에게는 대포도 12문이나 있고, 선원들도 모두 힘깨나 쓰니까, 저런 흑인 해적선쯤은 물리칠 수 있다. 그러니 겁먹지 마라."

선장은 아무 일도 아니라는 듯 안심을 시켰지만, 나는 불안해서 견딜 수가 없었다.

선장은 선원들에게 전투 준비를 서두르라고 지시했다.

오후 3시쯤이 되었다. 해적들이 타고 있는 배가 우리 배와 더욱 가까워졌다.

"대포를 쏘아라!"

선장의 명령을 받은 선원들은 순식간에 8문의 대포를 발사했다. 포탄이 해적선으로 날아갔다. 해적선의 돛이 찢어지고, 갑판에 서 있던 해적 대여섯 명이 쓰러졌다.

공격을 당한 해적들은 잠시 주춤하는가 싶더니, 2백 명에 가까운 흑인들이 갑판 위에 대열을 정비하고 사정없이 총을 쏘아 대기 시작했다. 탄환이 비 오듯 쏟아졌다.

우리들은 총알을 피하느라 돛대 뒤에 몸을 숨겼다. 그 사이 해적 수십 명이 우리 배 왼쪽으로 배를 갖다 대더니 번개처럼 건너왔다. 해적들은 갑판 위를 이리저리 뛰어다니며 돛줄을 끊기도 하고, 물건들을 닥치는 대로 때려부수었다.

"싸워라! 물러서지 말고 싸워라!"

선장이 목청을 높여 소리쳤다.

선원들은 모두 죽을 힘을 다해 싸웠다. 잠깐 사이에 수많은 해적들이 붉은 피를 토하면서 바닷속으로 떨어졌다. 우리는 놀랄 만큼 용감하게 싸웠지만, 해적들의 수가 워낙 많아 당해 낼 수가 없었다.

우리 쪽 선원 셋이 목숨을 잃고 여덟 명이 부상을 당했을 때, 선장은 결국 항복을 하고 말았다. 배에 실었던 물건들을 남김없이 빼앗기고, 우리는 '살레'라는 항구로 끌려갔다.

"이 녀석은 제법 쓸 만할 것 같군."

해적 선장은 나를 자기 집으로 끌고 가 노예로 삼았다.

'아, 장사를 해서 돈을 벌겠다는 꿈은 산산조각이 나고 낯선 나라, 낯선 땅에서 해적 두목의 노예가 되다니……. 이렇게 끝낼 순 없어. 그래, 선장이 상선을 약탈하러 갈 때 나를 데려가면 기회를 봐서 도망쳐야겠다. 아니면 에스파냐나 포르투갈 군함이 구출해 줄지도 몰라.'

그러나 이런 내 희망은 좀처럼 이루어지지 않았다. 해적 선장이 바다로 나갈 때 나를 데리고 가지 않았기 때문이다.

탈출

눈 깜짝할 사이에 2년이라는 세월이 흘러갔다. 그동안 나는 흑인들이 쓰는 말에도 상당히 익숙해졌고, 일도 열심히 해서 차츰 해적 선장의 신임을 얻게 되었다.

해적 선장은 낚시를 매우 좋아했다. 날씨만 좋으면 1주일에 한두 번씩 나와 '줄리'라는 흑인 소년을 데리고 먼 바다로 나가곤 했다.

내가 낚시질을 무척 잘했기 때문에 선장도 나와 함께 바다로 나가는 것을 좋아하는 눈치였다.

줄리는 열두 살 된 소년으로, 영리해서 모두에게 귀여움을 받았다. 줄리는 나를 무척 잘 따랐다. 그러다 보니 어느 틈에 영어도 조금씩 하게 되었다.

　그러던 어느 날이었다. 해적 선장이 친구들과 함께 낚시와 사냥을 간다며 우리에게 준비를 하라고 했다. 선장은 충분한 식량과 술 항아리, 그리고 소총 세 자루와 화약 꾸러미까지 보트에 싣게 했다. 물론 낚시의 명수인 나와 줄리, 또 다른 어른 심부름꾼인 무에리도 함께 가기로 했다.

　다음 날 아침이 되었다. 해적 선장이 난처한 표정을 지으며 말했다.

"갑자기 이웃 마을에 볼일이 생겼다. 낚시는 너희 셋이 다녀오너라. 오늘 밤 우리 집에서 손님들에게 음식을 대접하기로 했으니, 고기를 많이 잡아 오도록 해. 자, 그럼 나는 이웃 마을에 다녀오마."

나는 선장의 뒷모습을 가만히 바라보면서 속으로 중얼거렸다.

'도망칠 수 있는 절호의 기회다!'

나는 설레는 가슴을 진정시키려 애쓰며, 다른 두 사람이 눈치채지 못하도록 준비에 들어갔다. 낚시 준비가 아니라 항해하는 데 필요한 준비였다.

바다 위에서 얼마나 떠돌아다닐지 알 수 없는 일이었으므로, 무엇보다도 중요한 것이 식량과 물이었다.

나는 아무렇지 않은 표정으로 무에리에게 말했다.

"저녁때까지 바다에 있어야 하니, 물과 먹을 것을 충분히 준비해 가야겠지?"

"응, 알았어."

무에리는 아무런 의심도 하지 않고 빵을 가득 담은 커다란 광주리와 음료수 병 세 개를 끙끙거리며 가져왔다.

그동안에 나는 해적 선장의 집에서 큼직한 꿀 항아리와 노끈과 실뭉치, 도끼, 끌, 톱 등 필요할 만한 물건들을 모두 챙겨 배 밑바닥에 감추어 두었다.

"이봐, 무에리! 총은 배에 있고……. 산탄이나 화약이 있으면 바닷새도 많이 잡을 수 있을 것 같은데……."

무에리는 해적선에서 총을 관리하는 일을 맡고 있었다.

"그거야 어렵지 않지."

무에리는 창고로 달려가, 화약 5백 그램 정도와 탄환 3킬로그램을 넣은 가죽 자루를 짊어지고 왔다.

"와! 이거면 충분하겠어. 어서 출발하자고."

나는 바다 한가운데로 나아가 돛을 내리고 낚시질을 시작했지만, 한 마리도 잡지 못했다. 일부러 잡지 않았던 것이다.

"안 되겠다! 좀 더 멀리 나가 봐야겠어."

나는 이렇게 말하면서 배를 움직였다.

"이쯤이 좋겠어. 여기라면 많이 잡을 수 있을 것 같아."

무에리는 몸을 굽히고 바닷속을 들여다보았다.

나는 재빨리 그의 등 뒤로 다가가 있는 힘을 다해 그를 물속으로 밀어 버렸다.

"앗!"

무에리가 바닷속으로 빠지며 외마디 소리를 질렀다.

나는 배의 돛을 높이 올리고 재빨리 달아나기 시작했다. 무에리는 새까만 몸을 물 위로 드러내며 배를 따라왔다.

"살려 줘! 무슨 일이든지 시키는 대로 다 할게."

"얌전히 돌아가! 넌 헤엄을 잘 치니까 육지까지 돌아갈 수 있어. 계속 따라오면 쏴 버릴 테다!"

나는 선실로 들어가 총을 한 자루 꺼내 와 무에리에게 겨누었다. 그제야 무에리는 단념하고 해안 쪽으로 방향을 바꾸어 헤엄을 치기 시작했다.

"줄리!"

내가 돌아보며 부르자, 그때까지 눈을 동그랗게 뜨고 멍하니 서 있던 줄리가 덜덜 떨면서 나를 쳐다보았다.

"해적 두목의 노예로 평생을 살아갈 수는 없다. 그래서 탈출하는 거야. 나를 따라간다면 훌륭한 사람이 될 수 있도록 도와주마. 나를 따르지 않겠다면 너도 바닷속으로 던져 버릴 테다. 결정해!"

"네! 시키는 대로 하겠어요."

줄리는 고개를 끄덕이며 하얀 이를 드러내고 웃었다.

줄리가 돛줄을 조종하고, 나는 노를 잡았다. 헤엄쳐 가고 있는 무에리의 모습이 보일 때까지는 북쪽 해협으로 도망치는 것처럼 꾸몄다. 그렇게 하면 흑인들이 뒤쫓아온다고 해도 북쪽으로 향할 것이기 때문이었다.

저녁때가 되어서야 뱃머리를 돌려서 동남쪽으로 달렸다. 행운의 여신이 우리를 돕는지 바람도 알맞게 불었고, 바다도 거울처럼 맑았다.

그렇게 달리고 달려 닷새 만에 육지를 발견했다. 나는 그날 저녁때가 되어서야 조그만 강기슭에 닻을 내리고, 날이 밝는 대로 육지를 조사해 보기로 했다.

그곳에서는 해가 지평선으로 넘어가기가 무섭게 사방이 어둠 속으로 빨려들어갔다.

"으릉, 컹컹! 으르렁!"

짐승들이 울부짖는 소리가 사방에서 들려왔다. 사실 내가 배를 댄 곳은 짐승들의 보금자리였다.

"날이 새면 짐승들이 숲속으로 숨을 거야. 그러면 배에서 내려서 살펴보도록 하자."

나와 줄리는 나란히 선실에 누웠다.

사자와 흑인들

밤이 깊어지자 맹수들이 더욱 사납게 울부짖었다.

"줄리, 무섭니?"

"네에……."

줄리는 공포에 사로잡혀 덜덜 떨고 있었다. 나는 말없이 줄리의 머리를 쓰다듬어 주었다.

바로 그때였다.

"풍덩!"

무언가 바다에 빠지는 소리가 들렸다. 우리는 선실에서 달려나가 소리 나는 쪽을 내려다보았다.

밤 하늘에 둥실 떠 있는 달에서 쏟아지는 빛이 온 바다를 은빛으로 물들이고 있었고, 커다란 짐승 한 마리가 물방울을 사방으로 튀기면서 배로 다가오고 있었다.

"앗, 저기 좀 봐요! 커다란 짐승이 이쪽으로 헤엄쳐 오고 있어요!"

줄리가 덜덜 떨면서 외쳤다.

"그래, 넌 여기서 기다려라!"

나는 재빨리 선실로 달려가 소총에 화약을 넣고 탄알을 쟀다.

"사자로군!"

사자는 어느새 바로 눈앞에까지 와 있었다.

나는 신중하게 겨누어 총을 쏘았다.

"탕!"

총소리가 밀림을 흔들었다.

배를 향해 달려오던 사자는 몸을 돌려 달아났고, 총소리에 놀란 맹수들이 일제히 으르렁거렸다. 그 울음소리는 날이 밝도록 계속되었다.

한숨도 못 자고 뜬눈으로 밤을 지샌 우리는 해가 찬란하게 떠오를 때에야 비로소 안도의 한숨을 내쉬었다.

날이 밝자 맹수들이 모두 숲으로 들어갔는지 그림자 하나 보이지 않았다.

"큰일 났네. 물이 떨어졌어……."

"제가 육지에 올라가서 물을 찾아볼까요?"

"너 혼자? 그럴 수는 없지. 이제 우린 살아도 같이 살고, 죽어도 같이 죽는 거야. 나랑 같이 가자!"

우리는 총과 물 항아리를 들고 육지로 올라갔다.

"주인님 이 강을 따라 올라가면 물이 있을지 몰라요. 누가 배를 훔쳐 갈지 모르니까 주인님은 여기 계세요."

"정말 혼자서 괜찮겠니?"

내 말이 채 끝나기도 전에 줄리는 무성한 풀숲을 헤치면서 달리기 시작했다.

"너무 멀리까지 가진 마."

잠시 후, 줄리가 들어간 숲 쪽에서 총소리가 들려왔다.

'웬 총소리지? 줄리가 식인종이나 맹수에게 쫓기고 있는 건가? 큰일 났네…….'

나는 소총을 들고 상류를 따라 뛰어갔다. 저쪽에서 줄리가 헐레벌떡 뛰어오고 있었다. 그는 물 항아리와 함께 무엇인가를 어깨에 메고 있었다.

"주인님, 이걸 잡았어요. 물도 있었어요."

줄리가 씨익 웃으며 토끼처럼 생긴 동물을 치켜들었다.

"그래, 잘했다. 혹시 식인종을 만나진 않았니?"

"네, 여기엔 없는 것 같아요."

줄리의 말대로 강가나 바닷가 어디에서도 사람의 그림자는 보이지 않았다.

비로소 마음을 놓은 나는 모래 바닥에 불을 피우고 줄리가 잡아 온 짐승을 굽기 시작했다.

허기를 채우고, 줄리가 찾은 샘에서 물을 가득 채워 배에 실었다. 그러고는 다시 항해를 시작했다.

"이렇게 가다 보면 큰 배를 만날 수 있을 거야."

13일째 되는 날 아침이었다. 나는 마실 물을 채우려고 근처에 보이는 나지막한 해안선에 닻을 내렸다.

육지에 막 오르려는 순간 줄리가 숲 쪽을 가리키면서 다급하게 소리를 질렀다.

"저, 저기 사자가……!"

줄리가 가리키는 곳을 보니 바윗덩어리만큼 커다란 사자가 잠을 자고 있었다.

"쉿! 조용히 해."

나는 제일 큰 총에 화약을 충분히 재고, 또 다른 총 두 자루에는 산탄을 재어서 가까운 곳에 놓았다.

그리고 큰 총으로 사자를 겨눈 다음 방아쇠를 당겼다.

"으르렁!"

사자는 벌떡 일어나 미친 듯이 날뛰더니, 앞발을 절뚝거리며 우리 배 쪽으로 달려오기 시작했다.

총알이 앞다리 무릎뼈에 맞았던 것이다.

"엄마야! 사자가 쫓아와요."

겁을 잔뜩 먹은 줄리가 내 등 뒤로 몸을 숨겼다.

"줄리, 아무 걱정하지 마!"

두 번째 총이 불을 뿜었다.

이번에는 사자의 머리를 정통으로 맞혔다. 사자는 한참 동안 몸부림을 치더니 그대로 고꾸라졌다.

"가서 끌고 올까요?"

줄리는 소총을 들고 쓰러진 사자를 향해 천천히 헤엄을 쳤다.

"어홍!"

사자가 일어나려고 안간힘을 썼다.

줄리는 사자의 귀에다 총구를 겨누고 방아쇠를 잡아당겼다. 사자는 몇 번 버르적거리다가 완전히 늘어졌다.

줄리는 능숙한 솜씨로 죽은 사자의 가죽을 벗겨 냈는데, 엄청나게 큰 수놈이라 거의 하루가 걸려 일을 끝냈다.

그것을 잘 손질해서 깔개로 쓰기로 했다.

우리는 다시 배를 몰아 그곳을 떠났다.

이따금 나타나는 육지에서는 피부가 검은 흑인들의 모습이 눈에 띄었다. 그래서 되도록이면 육지에 배를 대지 않으려고 했는데, 날이 갈수록 식량이 줄어드는 것이 문제였다.

"식량을 구해야 할 텐데……."

"그렇지만 너무 위험해요."

"그렇다고 이대로 굶어 죽을 수는 없지 않니?"

"저 사람들이 무기 같은 걸 갖고 있으면 어떡해요."

줄리는 계속 말렸다.

"우리에게도 무기가 있잖아. 그러니 별일 없을 거야."

줄리가 걱정했지만 나는 듣지 않고 육지 쪽으로 배를 저었다. 육지에 있던 흑인들도 바위에서 바위로 건너뛰면서 배가 움직이는 대로 따라왔다. 흑인의 수가 점점 더 불어났다.

나는 육지 가까운 곳에서 배를 멈추고, 그들에게 식량이 필요하다는 손짓을 했다. 그러자 저쪽에서도 손짓으로 식량을 가지고 올 테니 배를 멈추고 기다리라고 했다.

우리는 마침내 돛을 내리고 배를 세웠다. 그러자 두세 명이 밀림 속으로 들어가더니 곧 식량을 가지고 왔다.

얼른 받고 싶은 생각이 굴뚝 같았지만, 예상하지 못한 일이라도 생길까 봐 잠시 머뭇거렸다.

그러자 그들은 가지고 온 식량을 해변에 내려놓고 멀찌감치 뒤로 물러섰다.

그제야 마음이 놓인 나는 식량을 가지고 배로 돌아왔다. 그들은 천천히 다가오면서 큰 소리로 웃었다.

"고맙소!"

나는 몇 번이고 머리를 숙이면서 고맙다는 뜻을 전했다. 그들도 기쁜 듯이 웃었다.

"먹을 것만 얻고 그냥 가려니 미안하군. 저 사람들에게 보답해 줄 만한 게 없을까, 줄리?"

"글쎄요."

그때였다. 흑인들이 비명을 지르면서 뿔뿔이 흩어졌다.

숲속에서 표범 두 마리가 뛰쳐나왔던 것이다.

도망을 치던 아이 하나가 넘어졌다. 그 아이는 자지러지게 울어 댔고, 어머니인 듯한 여인은 어린 아들을 자기 몸으로 감싸안았다.

다행히 표범들은 그들은 거들떠보지도 않고, 바다로 뛰어들어 우리 배를 향해 헤엄쳐 오고 있었다.

나는 재빨리 소총의 방아쇠를 당겼다.

탄환은 정확하게 한 마리의 머리를 관통했다. 표범은 물보라를 일으키며 허우적거리다가 그대로 축 늘어졌다. 다른 한 마리는 놀라서 부리나케 뭍으로 기어올라 밀림 속으로 사라졌다.

"와!"

흑인들은 팔짝팔짝 뛰면서 만세를 불렀다.

그들은 표범을 끌어올리더니 날카로운 나무 조각과 돌칼로 가죽을 벗기고 살을 도려냈다. 그러더니 제일 좋은 부분을 잘라 우리 쪽으로 던지려 했다.

나는 손짓으로 고기 말고 가죽을 달라고 했다.

그들은 오히려 좋아하면서 가죽을 건넸다.

"물도 좀 구할 수 있겠소?"

나는 빈 물통을 들어 보이면서 소리를 질렀다. 그러자 흑인 여자 두 사람이 큰 물동이로 물을 길어다 주었다.

며칠 먹을 식량과 물이 마련되었다.

"정말 고맙소!"

우리는 돛을 올리고 배를 출발시켰다.

흑인들이 손을 흔들며 뭐라고 소리를 질러 댔다. 몇몇 사람들은 우리 배를 향해 몇 걸음 달려오기도 했다.

고마운 선장

또다시 파도와 싸우는 지루한 나날이 계속되었다. 가도 가도 눈앞에는 출렁이는 바다뿐, 배 따위는 그림자도 보이지 않았다. 흑인들과 헤어져 바다로 나온 지 어느덧 열이틀째였다.

"주인님, 저기……!"

갑자기 줄리가 고함을 질렀다.

"배다! 드디어 배가 나타났다! 가자!"

포르투갈 상선 같았다. 우리는 그 배를 향해 있는 힘껏 노를 젓기 시작했다. 세 시간 동안 팔이 뻐근할 정도로 노를 저어 겨우 그 배와 가까워질 수 있었다.

그런데 그 배는 우리 보트를 발견하지 못했는지 그냥 계속 앞으로 나아갔다.

"이봐요, 우리 좀 구해 줘요!"

나는 웃옷을 벗어 흔들며 소리를 질렀다. 그래도 배에서는 아무런 반응이 없었다.

"줄리! 총을 쏘아라!"

"땅!"

내 말을 들은 줄리는 총을 꺼내 들고 공중을 향해 쏘았다. 그러자 배가 돛을 내리고 멈추었다.

나는 다시 노를 저어서 배 가까이 다가갔다.

보트가 배 옆에 닿자 갑판에서 줄사다리가 내려왔다.

"이제 됐다. 줄리, 어서 줄사다리를 타고 올라가."

나는 흐르는 눈물을 주먹으로 닦으며 줄리를 먼저 줄사다리로 올려보냈다.

"이제 안심하시오. 이 배는 남미의 브라질로 가는 중이오. 그곳까지 함께 갑시다."

선장은 나를 따뜻하게 맞아 주었다. 나는 그의 은혜에 보답하고 싶어서 내 보트와 소지품을 모두 주겠다고 했지만, 선장은 고개를 가로저었다.

"보답을 받으려고 당신을 구한 것이 아니오. 위급할 때 서로

도와주는 건 바다 사나이로서 당연한 의무지. 나 역시 언제 어디서 배가 난파되어 다른 사람에게 구조될지 모르는 일이니 그런 생각은 아예 하지 말아요."

"그래도 목숨을 구해 주셨는데 어떻게……."

"글쎄, 브라질에 도착해서 돈 한 푼 없이 그냥 굶어 죽을 작정이오? 그러면 모처럼 구해 준 것이 아무 소용 없게 되지 않소. 그러니 당신이 갖고 있는 물건들을 잘 보관해 두었다가 나중에 팔아서 영국으로 돌아갈 때 여비로 쓰도록 해요."

브라질까지는 아주 편안한 항해였다.

상륙하기 전날 밤, 나는 선장실 문을 두드리고 지금까지의 호의에 대해 감사를 표시했다.

친절한 선장은 상륙한 후의 일을 걱정하면서, 일자리를 구하려면 그곳에 사는 자기 친구를 찾아가라고 소개장까지 써 주었다.

"그리고, 일을 하려면 무엇보다도 돈이 필요할 텐데……. 아, 그래, 이렇게 하지. 당신 보트가 아주 좋아 보여. 그러니까 내가 그걸 사겠소."

"아니에요. 원하신다면 그냥 드리겠어요."

"아니오. 음……, 에스파냐 금화 80닢이면 되겠소?"

"그동안 신세진 것만 해도 충분해요."

"됐어요. 받아 두시오. 앞으로 필요할 때가 있을 거요."

선장은 금화 80닢을 내 손에 쥐여 주었다.

"이 은혜를 어떻게 갚아야 할지……. 제가 뭐 도움이 될 만한 일은 없을까요?"

선장은 잠시 생각에 잠겼다.

"그렇다면 줄리를 내게 주시오."

"네에? 줄리를요?"

"그동안 생사를 같이한 아이와 헤어진다는 것이 쉽지는 않겠지요. 그렇지만 그 아이는 영리해서 훈련만 잘 받으면 훌륭한 뱃사람이 될 수 있을 것 같소."

나는 줄리 자신을 위해서도 그 편이 더 나을 것 같아서 그렇게 하겠다고 말했다.

방으로 돌아와 줄리에게 그 말을 전했다. 예상대로 줄리는 나와 떨어지고 싶지 않다며 엉엉 울면서 매달렸다.

"줄리, 나도 너와 헤어지는 게 정말 가슴아프다. 하지만, 네 앞날을 생각하면 그게 더 나을 것 같아. 지금은 헤어지지만 언젠가는 다시 만날 수 있을 거야."

나는 줄리를 타이르며 어깨를 토닥여 주었다. 줄리는 결국

배에 남기로 했다.

다음 날 아침이 되었다.

"선장님, 그동안 정말 고마웠습니다."

"잘 가시오. 부디 성공하기를 빌겠소."

선장과 작별을 하고 돌아서니 줄리가 눈물을 흘리며 서 있었다.

"줄리, 선장님 말씀 잘 듣고 훌륭한 선원이 되어라."

"네, 주인님, 안녕히 가세요."

내 눈에서도 눈물이 흘렀다.

그동안 정들었던 선장과 선원들에게 작별 인사를 하고, 나는 보트를 타고 육지로 올라갔다.

부두에 올라서서 돌아보니, 줄리는 그때까지도 선장 옆에 서서 열심히 손을 흔들고 있었다.

"줄리! 행복하게 살아라!"

나는 모자를 벗어 높이 흔들며 줄리를 향해 소리쳤다.

선주가 되어

선장이 소개해 준 사람은 사탕수수 농장 주인이었다. 주인도 선장 못지않게 친절했다.

"사정이 참으로 딱하군. 우리 집에서 머물면서 농장일을 좀 거들어 주게."

나는 그 집에서 묵으며 사탕수수 재배하는 일과 사탕수수로 설탕 만드는 법을 배웠다.

시간이 흐르자, 그 일에도 익숙해졌고 이웃 사람들과도 많이 가까워졌다.

'음, 직접 사탕수수를 재배하면 돈을 더 많이 벌 수 있을 것 같은데…….'

나는 선장에게 받은 돈을 모두 주고 땅을 샀다. 첫해에는 수익이 신통치 않았으나, 다음 해부터는 예상대로 돈을 많이 벌게 되었다.

'이렇게 몇 년만 더 일하면 큰 부자가 될 수 있을 거야. 부자가 되어서 고향으로 돌아가면 아버지와 어머니가 무척 기뻐하시겠지!'

나는 이런 생각을 하면서 열심히 일했다. 그러나 타고난 천성은 어쩔 수가 없었다. 하루하루 되풀이되는 생활이 점점 지루하고 답답하게 느껴져서 견딜 수가 없었다. 소년 시절부터 가슴속 깊이 자리잡은 모험심과 바다에 대한 동경이 어느 틈에 다시 고개를 들고 온몸의 피를 끓게 했다.

어느 날 밤, 이웃 사람들과 이야기를 하던 중에 기니아에서 무역을 했던 일을 말해 주었다.

"아주 재미있는 장사였지. 기니아 흑인들이 좋아하는 유리구슬이나 장난감, 칼, 가위, 도끼 같은 물건들을 싣고 가면 상아나 금과 바꾸어 주는 거야. 정말 돈을 어마어마하게 벌어들였지."

이웃 사람들은 눈이 휘둥그레져서 내 말에 귀를 기울였다. 나는 더욱 신이 나서 먼 이국의 놀라운 풍경과 흑인들의 진기

한 풍속 등에 대해 자세히 들려주었다.

　다음 날이 되었다. 전날 밤 내 이야기를 들었던 이웃 사람

셋이서 나를 다시 찾아왔다.

　"로빈슨 씨, 어젯밤에 한 이야기를 곰곰이 생각해 보았는데,

우리 함께 기니아 무역을 해 보면 어떨까요?"

배를 준비하는 일에서부터 상품을 사들이는 일, 선장을 비롯한 선원들 고용에 이르기까지 모든 일을 세 사람이 책임지겠으니, 기니아의 지리를 잘 아는 내가 선주 자격으로 그곳에 다녀오자는 것이었다.

나는 그 자리에서 그들의 청을 받아들였다. 세 사람은 무척 기뻐했다. 그들은 곧바로 각자 할 일을 나누고는 바쁘게 움직였다.

나는 사탕수수 농장과 설탕 공장을 친구에게 맡기고, 다시 기니아로 떠나는 배에 올랐다.

배는 120톤짜리 범선으로 대포까지 6문이나 갖추고 있었고, 나와 선장을 제외하고 선원도 15명이나 되었다. 배에는 흑인들이 좋아할 만한 물건들이 가득 실려 있었다.

배는 순풍에 돛을 단 듯 브라질 해안 북쪽을 향해 경쾌하게 미끄러져 갔다. 내 나이 스물일곱 살이 되던 해의 일이었다.

폭풍 속으로

당시 브라질에서 아프리카로 가려면 북쪽으로 항해를 하다가 다시 동쪽으로 나가야 했다. 그런데 세인트오거스틴 해안을 지나 열이틀 만에 적도를 통과하면서 배는 무서운 폭풍우에 휩싸이고 말았다.

산더미처럼 높은 파도가 덮쳐 오는 바람에 배는 힘없이 밀려 다니는 나뭇잎 꼴이 되었다. 돛이 찢어지고, 뱃머리가 부서졌다. 도저히 더 이상 항해를 할 수 없는 상황이었다.

선장과 의논 끝에 영국령의 섬을 찾아 그곳에서 도움을 받기로 하고 배를 서북쪽으로 몰았다.

그런데 또다시 폭풍우를 만나는 바람에 배는 방향을 잃고 어디론가 계속 밀려갔다. 우리는 죽음을 각오하고 필사적으로 파도와 싸웠다.

앞날을 기약할 수 없다는 것은 대단히 절망스러운 일이었다. 그러던 어느 날 아침이었다.

"육지다!"

망을 보던 선원이 소리쳤다.

우리는 모두 갑판 위로 뛰어올라갔다. 그 순간, "쿵!" 하는 소리와 함께 배가 흔들리며 옆으로 기울었다. 선원들은 모두 갑판 위에 쓰러져 여기저기 나뒹굴었다.

"아무래도 배가 암초에 걸린 것 같아!"

선원 하나가 고함을 질렀다.

기울어진 배 위로 파도가 사정없이 밀려왔다. 엄청난 힘으로 달려드는 파도가 야속하게 느껴질 정도였다.

우지끈! 소리를 내면서 배의 아랫부분이 떨어져 나갔다.

"이대로 있다간 아무도 살아남을 수 없다. 보트를 타고 탈출하라!"

"이 파도에 보트가 견디겠습니까?"

"부서진 배 안에서 죽기를 기다리고 있을 순 없잖아."

바다에서만 수십 년을 살아온 선장도 얼굴이 새파랗게 질려 있었다. 우리는 보트를 묶어 둔 곳으로 겨우 이동했다.

그러나 보트는 보이지 않았다. 이미 파도에 휩쓸려 간 모양이었다. 다행히 왼쪽 뱃전에 보트가 하나 묶여 있었는데, 그나마 연신 밀려오는 파도에 이리저리 흔들리고 있었다.

"별수 없다. 저 보트에라도 모두 옮겨 타라!"

선장의 말을 들은 선원들은 파도와 싸우며 간신히 보트를 바다 위로 띄웠다. 그리고 죽을 힘을 다해 보트에 몸을 실었다.

파도의 힘은 상상할 수 없을 정도로 엄청났다. 정신없이 몰아치는 파도가 보트를 집어삼킬 것만 같았다.

"철썩철썩, 쏴……."

파도가 닥칠 때마다 보트는 사정없이 흔들렸다.

육지에 가까워졌을 무렵, 또 한 번 "쾅!" 하는 소리가 나더니 보트가 뒤집혔다.

바닷속으로 내동댕이쳐진 나는 온 힘을 다해 헤엄을 쳤다. 주위를 살펴보았지만, 보트도 동료들도 눈에 띄지 않았다. 다시 집채만 한 파도가 나를 휘감아 내동댕이쳤다.

얼마나 지났을까? 정신을 차리고 주위를 둘러보니, 나는 바닷가 모래 위에 나동그라져 있었다.

'파도에 다시 휩쓸리기 전에 빨리 바다에서 벗어나자.'

나는 미친 듯이 육지를 향해 뛰기 시작했다. 그러나 거대한 파도는 나를 가만두지 않았다.

깊은 물속에 처박혔다가 다시 일어나기를 몇 차례, 나는 겨우 육지에 도착했다.

'다른 사람들은 어떻게 되었을까?'

사방을 둘러보며 동료들을 찾아보았지만, 아무도 보이지 않았다.

'이곳은 섬일까, 아니면 대륙일까? 혹시 무서운 식인종이나 맹수의 소굴은 아니겠지? 먹을 것은 좀 있으려나?'

나는 물에 젖은 호주머니를 뒤졌다. 그러나 주머니칼 한 개와 파이프, 그리고 엽초를 썰어서 만든 담배가 조금 남았을 뿐, 주머니 안에는 아무것도 없었다.

갑자기 온몸에 기운이 빠지면서 잠이 쏟아졌다. 그래도 맹수가 나타날까 봐 마음을 놓을 수가 없어서 나무 위로 올라가 잠을 자기로 했다.

시간이 얼마나 지났을까? 언뜻 눈을 뜨니, 하늘은 구름 한 점 없이 푸르고, 바다는 거울같이 잔잔했다. 어제까지 사납게 몰아치던 폭풍우는 거짓말같이 가라앉아 있었다.

"아니, 저 배는……?"

나는 앞에 펼쳐져 있는 모습을 보고 눈을 번쩍 떴다. 우리가 타고 왔던 배가 밤 사이 뭍에서 2킬로미터 정도 떨어진 곳까지 밀려와서 물결에 흔들리고 있었다.

나무에서 훌쩍 뛰어내린 나는 헤엄을 쳐서 배 위로 올라갔다. 뱃머리는 처참하게 부서져 있었고, 배 밑바닥에도 구멍이 뚫려서 배 안에 물이 가득했다. 다행히 뒷부분은 모래 위에 불쑥 올라앉았기 때문에 선실이나 창고에는 물이 들지 않았다.

식량은 모두 그대로였다. 나는 비스킷을 찾아 얼른 한 입 베어 물고는 배 안을 찬찬히 돌아보기 시작했다. 선원실에 럼주가 있었다. 럼주를 한 잔 마시고 나니 힘이 솟는 것 같은 느낌이 들었다.

'어차피 이 배를 타고 돌아갈 수는 없고……. 그래! 뗏목을 만들어서 일단 쓸 만한 것들을 육지로 나르자!'

나는 벌떡 일어나 선실과 갑판을 뛰어다니면서 널빤지와 목재 같은 것을 끌어모아 밧줄로 단단히 묶었다. 그리고 배 위에 있는 널빤지도 모두 실어 육지로 날랐다. 앞으로 살아갈 집을 지을 물건들이었다.

다시 배로 돌아와 이번에는 빵과 쌀, 치즈, 양고기, 곡물 등을 빈 통 세 개에 나누어 담고, 술도 대여섯 상자를 실어날랐다.

선원실을 뒤지니 연장 상자가 있었다. 선장실에서는 아주 좋은 장총 두 자루와 권총 두 자루를 찾아 냈다. 장총과 권총도 싣고, 가죽 포대에 든 탄환과 칼 두 자루도 실었다.

뗏목을 막 저으려고 할 때, 갑판에서 개 짖는 소리가 들려왔다. 깜짝 놀라 올려다보니, 선장이 몹시 귀여워하던 개가 나를 바라보며 꼬리를 흔들고 있었다.

반가운 마음에 휘파람을 불자, 개는 기다렸다는 듯이 바닷물로 풍덩 뛰어들어 뗏목을 향해 헤엄쳐 왔다.

"반갑다. 정말 반가워, 하하하."

나는 옛 친구라도 만난 듯 개를 와락 끌어안았다. 그러고는 뗏목을 저어 개와 함께 육지로 향했다.

높은 곳에서 흘러내려오는 강을 발견한 나는 그 기슭에 뗏목을 세우고 나무 밑동에 단단히 묶은 다음, 필요한 짐들을 옮기기 시작했다.

살 곳을 찾아서

나는 나무 그늘에 앉아 무엇부터 해야 할지 잠시 생각해 보았다. 우선 총을 들고 강기슭에 있는 높은 봉우리로 올라갔다. 그러고는 사방을 둘러보며 이곳의 형편을 살폈다. 집이나 사람의 자취라곤 전혀 보이지 않았다.

"아!"

나는 그 자리에 털썩 주저앉고 말았다. 어디를 돌아보아도 그저 아득한 물과 하늘이 맞붙어 있을 뿐이었다. 폭풍우 속에서 구사일생으로 살아난 기쁨은 잠깐이었다. 앞으로 외딴 섬에서 홀로 살아가야 한다고 생각하니 눈앞이 캄캄해졌다.

나는 잠시 넋을 잃고 앉아 있다가, 이내 다시 몸을 일으켰다.

"이대로 죽을 수는 없어. 힘을 내자!"

나는 스스로를 격려하며 섬을 조금 더 돌아보기로 했다. 해안 근처를 샅샅이 살펴보았지만, 어느 곳에서도 사람이 사는 듯한 흔적은 보이지 않았다.

밤이 되었다. 나는 배에서 가지고 온 널빤지로 간신히 잘 곳을 마련했다. 손을 뻗으면 닿을 만한 곳에 총을 놓고 자리에 누웠다.

개도 내 곁에 나란히 누웠다.

'아아! 이제부터 어떻게 살아가지?'

나는 좀처럼 잠을 이룰 수가 없었다.

이튿날 새벽, 일찍 눈을 떴다. 배는 어제 그곳에 그대로 있었다. 그래도 언제 다시 폭풍우가 몰아칠지 모를 일이었다. 그전에 배에서 가져올 수 있는 물건들을 모두 가져와야 했다. 나는 바닷물이 빠지기를 기다렸다가 뗏목을 타고 또다시 배로 갔다.

못이 든 자루, 커다란 칼과 손도끼, 숫돌, 지렛대, 탄환, 돛, 선원들의 옷, 책상 등 싣고 갈 수 있는 물건들은 모두 실었다.

나는 내가 없는 사이에 사나운 짐승들이 나타나 식량을 먹어 치울까 봐 무척 걱정했다. 그런데 막상 돌아와 보니 들고양이

한 마리가 상자 위에 앉아 있을 뿐이었다.

들고양이는 나를 보고도 달아나지 않았다. 총을 겨누어 보았지만, 한 번도 총을 본 일이 없는지 겁을 내지 않았다. 내가 비스킷을 던져 주자, 얼른 먹고 또 달라는 듯이 "야옹야옹." 하고 울었다.

"하하하, 더 줄 수는 없구나. 내겐 귀중한 식량이거든."

지금 처지로는 비스킷 한 조각이 보석보다 소중했다.

나는 짐을 육지에 올려놓고 돛의 헝겊과 통나무를 이용해 천막을 만들었다. 천막 안에 물건들을 들여놓고, 빈 통을 주위에 쌓아올려 식인종이나 맹수의 습격에 대비했다.

다음 날에도 나는 뗏목을 저어 배로 올라갔다. 건빵이 들어 있는 큰 통과 럼주 상자 셋, 설탕 상자, 빵가루가 들어 있는 커다란 통을 발견했다. 굵은 닻줄과 쇠사슬도 눈에 보이는 대로 모두 뗏목에 실었다.

섬에 도착한 지 열흘째 되는 날이었다. 갑자기 바람이 몰아치기 시작했다. 하늘을 보니 검은 구름들이 꾸역꾸역 밀려오고 있었다.

'아무래도 폭풍우가 닥칠 모양이군. 배가 떠내려갈지도 모르니 어서 나머지 물건들을 싣고 와야겠다.'

다시 뗏목을 타고 배로 향했다. 바람은 벌써부터 심상치 않았다. 나는 거센 바람을 헤치며 배 안을 샅샅이 뒤지고 다녔다. 얼마 후 가위와 나이프, 포크 등을 찾아냈다. 다시 선장실로 가 보니 자물쇠로 잠가 놓은 서랍이 눈에 띄었다. 자물쇠를 부수고 서랍을 열자, 그 안에 반짝반짝 빛나는 금화와 은화가 수북하게 쌓여 있었다.

　　"야! 돈이잖아."

　　나는 돈을 바라보다가 씁쓸하게 웃었다.

　　'사람 없는 외딴 섬에서 내게 금화 따위가 무슨 소용이야. 돈보다 칼 한 자루가 더 요긴하지. 아니야. 나중을 생각해야 돼. 이 섬에서 구조되었을 때 답례로 쓰거나, 여비로 쓰려면 이 돈이 있어야 해.'

　　나는 나이프와 함께 서랍 속에 있던 돈을 자루에 담았다. 그러고는 자루를 짊어지고 갑판 위로 올라왔다.

　　"앗!"

　　순간, 나는 가슴이 덜컥 내려앉았다. 어느새 하늘이 잔뜩 흐려졌고, 바람이 미친 듯이 파도를 부르고 있었다.

　　"빨리 육지로 돌아가야겠다."

　　나는 바닷물에 텀벙 뛰어들어 죽을 힘을 다해 헤엄을 쳤다.

옆구리에 낀 금화의 무게 때문에 앞으로 나아가기가 힘들었다. 육지까지 끌고 가자니 몹시 거추장스러웠지만, 버리자니 또 아깝다는 생각이 들었다. 그렇게 파도와 싸우며 간신히 육지에 도착했다.

"쏴아······."

"철썩······."

"위잉······."

그날 밤은 바람 소리, 파도 소리, 나뭇가지 흔들리는 소리, 천막 펄럭거리는 소리 때문에 거의 뜬눈으로 밤을 새워야 했다.

다음 날 아침에는 언제 그랬냐 싶게 하늘이 맑았다. 배는 폭풍우에 밀려 떠내려갔는지 배가 있던 자리에는 아무것도 보이지 않았다. 오로지 파도가 넘실대는 푸른 바다만 끝없이 펼쳐져 있을 뿐이었다.

새로운 안식처

내가 만든 천막은 거처로 삼기에는 아무래도 불안했다. 식인종이나 맹수, 그리고 어젯밤 같은 비바람에도 끄떡없는 집이 필요했다.

이리저리 돌아다니다가 바위산 절벽 아래에서 알맞은 곳을 발견했다.

'음, 여기가 좋겠어. 뒤쪽 절벽이 깎아 세운 듯해서 사람이나 짐승이 내려올 염려도 없고, 앞에 있는 초원을 거쳐 바다로 내려갈 수도 있고, 앞이 탁 트여서 바다를 내다볼 수도 있겠어. 바위산이 남서쪽으로 솟아 있으니 낮에 햇빛도 알맞게 들어올 것 같고…….'

나는 이렇게 생각하고, 곧 새 집을 짓기 시작했다. 먼저 낭떠러지 아래쪽에 10미터 정도의 반원을 그리고, 거기에 집을 짓기로 했다. 지붕은 돛으로 썼던 헝겊을 두 겹으로 덮어서 만들었다.

높이 2미터쯤 되는 말뚝을 15센티미터 간격으로 촘촘히 박아 두 줄짜리 울타리를 세웠다. 끝을 날카롭게 깎아서 굵은 밧줄로 묶어 놓으면 맹수 걱정을 하지 않아도 될 것 같았다.

그리고 울타리에 출입문을 따로 만들지 않고, 사다리를 이용해 오르내리기로 했다. 집으로 들어온 다음에 사다리를 올리면 아무도 들어올 수 없었다.

울타리를 만드는 일은 무척 힘들었다. 나무 한 그루 자르는 데에도 하루가 걸렸고, 그것을 기둥으로 만들어 세우는 데 또 하루가 걸렸다. 더구나 비가 잦은 계절이라, 집을 짓고 울타리를 완성하기까지 반 년이라는 긴 세월이 흘렀다.

나는 비가 오지 않는 날에는 부지런히 일하고, 식량을 구하러 사방으로 돌아다녔다.

섬에는 산양이 많았다. 어느 날, 나는 총을 쏘아 산양을 한 마리 잡았다. 그런데 산양을 둘러메고 집으로 돌아오려니까 그 근처에 있던 새끼 산양이 울면서 따라왔다.

‘아차! 내가 몹쓸 짓을 저질렀구나. 여기까지 따라왔으니 이 놈을 한번 길러 볼까?’

나는 그 새끼 산양을 우리에 넣었다. 그러나 아무것도 먹지 않고 이미 싸늘해진 어미의 젖에만 매달려 있었다.

하는 수 없이 새끼 산양을 먼저 그 자리에 다시 데려다 놓았다. 풀밭 위에서 산양 여러 마리가 우리를 지켜보고 서 있었다.

"자, 가거라. 저기 아빠가 있구나."

머리를 산양 무리 쪽으로 향하게 해 주었더니, 새끼 산양은 어슬렁어슬렁 그쪽으로 걸어갔다.

잠시 후, 무리 중에서 한 마리가 뛰어나와 새끼 산양의 코를 핥더니, 다른 산양들 틈으로 데리고 갔다. 나는 두 번 다시 새끼가 딸린 양을 쏘지 않겠다고 맹세했다.

섬에 온 지 열흘쯤 지났을 때 문득 이런 생각이 들었다.

‘이렇게 지내다가는 오늘이 며칠인지도 모르겠다.’

나는 큰 기둥을 세우고 거기에다 칼로 이렇게 새겼다.

"1659년 9월 30일, 로빈슨 크루소 이곳에 왔다."

그리고는 널빤지를 십자가 모양으로 묶어 날마다 한 줄씩 그어 나갔다.

한 달이 지나면 널빤지를 새 것으로 바꾸었다.

그렇게 해서 시간 가는 것을 계산했다. 얼마 후 그것을 세어 보았더니, 어느새 11월 10일이었다.

집을 짓는다고 짓기는 했지만 엉성하기 짝이 없었다. 비가 사납게 쏟아지는 날에는 사방에서 비가 샜다.

그래서 뒤쪽에 새로 굴을 파서 임시로 지낼 작정으로, 오전에는 집 짓는 일, 오후에는 굴 파는 일을 했다.

그러나 괭이나 삽도 없고, 흙을 실어나를 만한 것도 없어서 일하는 속도가 매우 더뎠다.

'일을 좀 더 쉽게 할 수는 없을까?'

이런 생각을 하면서 숲속을 돌아다니다가 브라질에서 '철나무'라고 부르는 단단한 나무를 발견했다.

'그래, 이 나무라면 쇠붙이 대신 사용할 수 있을 거야.'

나는 철나무를 베기 시작했는데, 듣던 대로 무척 단단해서 도끼날이 엉망이 될 정도였다.

그래도 며칠 동안 그럭저럭 사용할 수 있는 도구를 만들 수 있었다. 스스로 생각해도 정말 묘한 물건이었지만, 사용해 보니 뜻밖에 많은 도움이 되었다. 게다가 땅에 모래가 섞여 있어서 일이 쉽게 진행되었다.

땅을 파기 시작한 지 3주 만에 그럴듯한 굴을 완성했다. 나

는 화약이나 식량처럼 비에 젖으면 안 되는 물건
들을 굴속에 쌓아 두었다. 그리고 굴 앞에 천막
을 쳐서 부엌으로 쓰기로 했다.

　그런데 한밤중에 이상한 소리가 들려 일어나
보았더니, 그렇게 공들여 판 굴의 천장이 무너져
내리면서 굴속에 흙먼지가 가득 차 있었다.

　날이 밝자마자 천장을 다시 만들기 시작했다.

널빤지를 모두 모아서 천장을 만든 다음, 1주일이나 걸려 그 것을 받칠 만한 기둥을 몇 개 세웠다. 엉성하기는 해도 책상과 의자도 만들었고, 산양 기름으로 양초도 만들었다.

다음 해 4월이 되자 울타리로 세운 말뚝에서 싹이 돋았다. 그 싹이 자라 가지가 울창해지면, 식인종들이 가까이 와도 그 속에 집이 있다는 것은 상상조차 하지 못할 것이었다.

나는 될 수 있는 한 울타리 밖에도 나무를 많이 심어서 숲처 럼 보이도록 했다.

그러던 어느 날이었다. 갑자기 "꽝!" 하는 소리가 나면서 천 막 위로 커다란 돌멩이와 흙덩어리가 떨어지기 시작했다.

"이게 무슨 일이야?"

사다리를 타고 울타리 밖으로 뛰어나오니, 다시 "꽝!" 하는 소리와 함께 발 밑의 땅이 흔들렸다.

"지진이다!"

앞의 해안 절벽에서는 벌써 거대한 바위들이 굴러 떨어지고 있었고, 바다도 끓어오르는 가마솥처럼 펄떡였다.

나는 얼른 개를 끌어안고 땅바닥에 엎드렸다.

집 쪽을 바라보니, 절벽 꼭대기에서 흙이 무너져 내려 천막 위로 쏟아지고 있었다.

'아, 이제 저 천막에도 다시는 못 가겠구나!'

반 년 가까운 노력이 모두 헛수고가 되는 듯했다.

그때, 하늘이 새까맣게 어두워지면서 굵은 비가 세상의 모든 것을 휩쓸어 버릴 기세로 쏟아졌다. 바람도 세차게 불었다. 땅에 엎드려서 개를 부둥켜안은 채 몇 시간이 지났다.

바람이 잔잔해지고 빗줄기가 가늘어지자, 나는 겨우 몸을 일으켜 울타리 안으로 기어들어갔다. 작은 천막은 흙모래에 반이나 파묻혀 있었지만, 큰 천막은 다행히 멀쩡했다. 입구가 반이나 허물어졌지만, 안쪽은 별다른 피해가 없었다.

나는 눈도 붙이지 못하고 큰 천막 속에서 밤새 여러 가지 일들을 생각했다.

좀 더 안전한 곳으로 옮기지 않으면 안 될 것 같았다. 반 년 동안 피땀을 흘려 지은 집을 두고 다른 곳으로 옮겨 간다는 것은 몹시 마음아픈 일이었지만, 어쩔 도리가 없었다.

소중한 밀싹

날마다 숲속을 돌아다녔지만, 알맞은 장소를 찾지 못했다.

지진이란 원래 자주 일어나는 것은 아니었다.

그리고 그렇게 큰 지진에도 별 피해가 없는 것으로 보아, 그리 겁내지 않아도 될 것 같은 생각도 들었다.

그래서 작은 천막을 고쳐서 쓰기로 마음먹고, 굴속에 있는 흙을 퍼내고 그냥 참아 보기로 했다.

더 큰 걱정은 배에서 싣고 온 식량이 곧 떨어질 것이라는 사실이었다. 빵을 세어 보니 얼마 남지 않았다. 하루에 한 개씩만 먹기로 했다. 비둘기나 산양을 잡아 식량에 보탰지만, 화약과 탄환에 한계가 있었기 때문에 사냥도 함부로 할 수가 없었다. 당장에 구조되지 못한다면 탄환 한 알도 아껴 써야 했다.

나는 철사를 구부려 낚싯대를 만들었다. 물고기라도 잡으려고 했지만, 그것도 쉽지 않았다.

그러던 어느 날이었다. 하루 종일 겨우 물고기 한 마리를 잡아 가지고 집으로 돌아왔는데, 울타리 밖 한쪽 귀퉁이에 새파랗게 돋아난 풀이 눈에 띄었다.

"밀이다! 밀이 틀림없어!"

파란 잎사귀가 잔잔한 바람에 살랑거리고 있었고, 이삭은 햇빛에 반사되어 반짝반짝 빛나고 있었다. 더구나 그 근처에 같은 크기의 벼도 자라고 있었다.

지난번 천막을 치고 난파선에서 운반해 온 물품들을 정리하다 보니 낡은 자루 속에 곡식 낟알이 있었다. 하지만 쥐들이 모두 파 먹고 껍질밖에 남지 않아 한쪽에 던져 버렸는데, 그중 몇 알갱이가 뿌리를 내린 모양이었다.

나는 무릎을 꿇었다. 그리고 하느님의 끝없는 사랑에 마음속 깊이 감사했다.

몇 달 후 밀과 벼가 여물었다. 나는 그것들을 베어서 보물처럼 귀중하게 간직해 두었다. 내년에는 적당한 시기에 씨를 뿌려 한 알의 씨에서 많은 수확을 얻을 작정이었다.

밀과 벼에 대한 기적적인 일이 있은 뒤, 잠자던 신앙심이 고개를 들었다. 난파선에서 운반해 온 책 중 낡은 성경이 끼어 있었다는 것을 기억해 내고, 틈틈이 펼쳐서 몇 번씩 되풀이해 읽었다.

다음 날, 바닷가에 나갔다가 해안에서 큰 바다거북 한 마리를 발견했다. 모래밭에 알을 낳으려고 올라온 것 같았다. 얼른 뛰어가 막대기를 지렛대로 이용해서 거북을 뒤집었다. 거북은 한번 뒤집히면 혼자서는 몸을 다시 바로할 수 없기 때문에 버둥거리기만 했다.

거북을 잡아 불에 구우니 뱃속에 알도 60개 정도나 들어 있어서, 거북의 고기와 알을 맛있게 먹을 수 있었다. 뜻밖의 수확이었다.

다음 날은 비가 쏟아졌다. 꼼짝도 못 하고 집에 갇혀 있었는데, 온몸이 오들오들 떨리고 머리까지 아팠다. 이마가 불에 덴 것처럼 달아올랐다.

'너무 무리를 했구나. 간호해 줄 사람도 없는데……. 여기서 아무도 모르게 죽는 건 아니겠지? 오, 하느님, 저를 살려 주십시오. 그래, 일어나야 해. 지금까지 숱한 어려움도 이겨 냈는데 이렇게 쓰러질 수야 없지.'

나는 하느님께 기도를 하면서 스스로 기운을 차리려고 애를 썼다. 입맛이 없어 럼주를 한 모금 마셨더니 정신이 조금 드는 것 같았다.

'이대로 주저앉아 있으면 안 돼! 될 수 있는 대로 몸을 움직여 보자.'

나는 일어나서 사냥을 나갔다. 겨우 산양 한 마리를 잡아 그 고기를 삶았는데, 맛이 형편없었다.

다음 날, 저녁때부터 열이 더 높아져서 물을 마시러 움직일 수조차 없었다. 약이 필요했지만, 그런 것이 있을 리 없었다.

그때 문득, 브라질 사람들은 무슨 병이든 약을 쓰지 않고 담배로 치료한다는 이야기가 생각났다. 다행히 배에서 가지고 온 상자 속에 담뱃잎이 있었지만, 그것을 어떻게 사용해야 할지 몰랐다.

처음에는 담뱃잎을 입에 넣고 씹어 보았다. 그러나 어찌나 쓰고 매운지 혀가 빠져 나갈 것처럼 얼얼했다. 그래서 불에 태워 그 연기를 실컷 들이마셔 보았다. 역시 소용이 없었다.

이번에는 럼주 속에 담배 잎사귀를 담갔다가 그 술을 마셔 보았다. 술에 취해 그대로 잠이 들었는데, 한참 후에 눈을 뜨니 오후 4시쯤 된 것 같았다.

그러나 그것이 잠든 다음 날인지, 아니면 그 다음 날인지 알 수가 없었다. 어쩌면 내리 사흘쯤 잠만 잤는지도 모를 일이었다. 아무튼 그 덕택에 몸이 한결 나아졌다.

기운도 회복되어 일어서도 휘청거리지 않았고, 식욕도 아주 좋아졌다.

　내가 일어서자 개가 반갑게 매달렸다. 개는 아주 형편없이 야위어 있었다. 주인이 자고 있는 동안 아무것도 먹지 않고 옆에서 지키고 있었던 모양이었다.

　"너도 배가 몹시 고프겠구나."

　산양 고기를 던져 주었더니, 얼른 받아 먹었다.

　나도 오랜만에 맛있게 음식을 먹고, 며칠 동안 담배 잎사귀를 럼주에 담가 먹는 치료를 계속 하기로 했다.

내가 왕이다

섬에 온 지 어느새 열 달이 지났다. 그동안 배라곤 단 한 척
도 구경할 수 없었다.

'구조될 가능성이 없다면 차라리 이 섬에서 편안하게 살다가
죽자.'

마음속에 구조될 것이라는 생각을 품고 있을 때에는 늘 불안
했지만, 영원히 여기서 혼자 살게 되었다고 생각하니 오히려
마음이 편했다.

'이곳은 내 영토다. 나는 이 섬의 왕이야.'

나는 섬 전체를 살펴보기로 마음먹었다. 그래서 개를 데리고
집을 나섰다. 기둥에 새긴 칼자국을 보니 7월 15일이었다.

우선 뗏목을 매어 놓은 강에서 3킬로미터 정도 위로 올라갔다. 그곳에는 맑은 개울이 졸졸 흐르고, 양옆에 이름 모를 꽃들이 잔뜩 피어 있는 넓은 초원이 펼쳐져 있었다. 파랗게 갠 하늘에서는 햇빛이 쏟아지고, 바람결에 날리는 꽃 향기가 코끝을 타고 온몸으로 파고들었다. 작은 언덕에 야생 담배가 무성하게 돋아나 넓은 잎사귀를 살랑살랑 흔들어 댔다.

다음 날에는 그보다 더 깊숙한 곳으로 들어갔다. 개울과 초원을 지나 우거진 숲속에 이르렀을 때, 나도 모르게 탄성을 질렀다.

숲속에는 포도덩굴이 있었고, 포도송이들이 보석처럼 탐스럽게 주렁주렁 매달려 있었다. 나는 그 열매들을 정신없이 따 먹었다.

다음 날 아침, 포도와 과일로 식사를 마치고 넓은 들판을 건너 산맥을 끼고 동쪽으로 갔다. 눈앞에 많은 꽃들이 피어 있는 또 다른 초원이 드넓게 펼쳐져 있었다. 꽃송이 위로 황금빛 벌들이 붕붕거리며 꿀을 모으고 있었다. 주변에는 코코아, 오렌지, 레몬, 시트론 같은 나무들이 우거져 있었고, 나뭇가지에는 탐스러운 과일들이 주렁주렁 열려 있었다.

'저걸 따다가 굴속에 보관해 놓으면 장마철에 식량 걱정은

덜 수 있겠다.'

나는 과일들을 따서 가져갈 수 있을 만큼 자루에 담고, 나머지는 수북하게 쌓아 두었다.

다음 날, 자루를 들고 과일을 가지러 다시 그곳으로 갔다. 그런데 과일들이 온통 짓밟혀 있었고, 주위가 어지러웠다.

'혹시 식인종이 나타난 게 아닐까?'

자세히 살펴보니, 땅에 짐승들의 발자국이 선명했다.

고개를 들어 건너편 언덕을 바라보았다. 산양 떼였다.

'저런 고약한 것들 같으니라고!'

나는 쓴웃음을 지으며 다시 포도를 따서 나뭇가지에 걸어 두고 집으로 돌아왔다. 집에 와서 가만히 생각해 보니 경치가 아름다운 그 골짜기로 아예 집을 옮기고 싶었다.

그러나 그렇게 하면 구조될 가능성은 완전히 사라지는 것이었다. 구조를 포기하고 있었지만, 그래도 마음 한 구석에 희망은 남아 있었다.

'그래, 거기에다 별장을 짓자.'

나는 별장을 짓겠다는 생각을 이튿날 바로 행동으로 옮겼다. 한 차례 경험이 있으므로, 집을 짓는 일이 처음처럼 힘들지는 않았다. 먼저 기둥을 세우고, 돛으로 지붕을 만든 다음, 둘레에 튼튼한 말뚝을 박고 사다리로 출입하도록 했다.

즐거운 마음으로 하는 일이라서 그런지 8월 초에 어렵지 않게 아담한 별장을 완성할 수 있었다.

새로 지은 별장에서 보낸 첫날 밤은 정말 행복했다. 꽃과 과일에서 풍겨 나오는 달콤한 향기가 코를 간질였고, 냇물 소리는 자장가처럼 포근하게 나를 감싸 주었다.

개도 기쁜 듯이 꼬리를 쉴 새 없이 흔들며 내 손을 핥았다.

농사짓기

나뭇가지에 걸어 두었던 포도가 완전히 말라 그것을 가지고
바위 집으로 돌아왔다. 이내 장마가 시작되어 며칠 동안은 집
안에 갇혀 지내야 했다.

비 때문에 갇혀 있는 동안, 나는 바위 집을 더 넓히는 작업
을 했다. 좀 더 오른쪽으로 파고 들어가 울타리 밖까지 연결한
뒤, 그곳에 작은 출입구를 만들었다. 식인종이나 맹수가 없다
는 것을 확인하고 마음이 놓였기 때문이다.

장마는 거의 한 달 이상 계속되었는데, 때때로 비가 그치면
별장에 가서 쉬다가 돌아왔다.

9월 30일이 되었다. 해안에 세워 놓은 말뚝의 줄을 세어 보

니 365줄, 섬에 온 지 벌써 1년이 지난 것이다.

그 많은 선원 중 오직 나 혼자만 이 섬에 용케 흘러와서, 1년을 무사히 보낸 것에 대해 하느님께 감사의 기도를 올렸다.

10월이 되면서 하늘이 맑게 갰다. 밀을 뿌려야 할 시기라는 생각이 들었다. 나는 철나무 아래에 땅을 팠다.

'한꺼번에 다 뿌렸다가 만약에 싹이 돋아나지 않으면 귀한 씨앗을 그냥 버리게 되는 거야.'

그래서 밀과 벼의 씨앗을 조금씩 남겨 두고, 반 정도만 땅에 뿌렸다.

우려했던 대로 며칠이 지나도 싹이 트지 않았다. 씨를 뿌린 후에 계속 가물었기 때문인 것 같았다.

나는 지난 1년 동안의 기후를 되짚어 보았다. 이 섬에는 봄, 여름, 가을, 겨울의 구분 없이 반 년은 우기, 또 반 년은 건기로 바뀐다는 것을 알았다.

2월 하순부터 4월 중순까지는 장마철, 4월 하순부터 8월 중순까지는 건기, 8월 하순부터 10월 중순까지는 장마철, 10월 하순부터 2월 중순까지는 다시 건기.

10월 중순 이후에는 가뭄이 시작되었으므로 싹이 트지 않았던 것이다.

그래서 다음 해 2월 중순에 씨앗을 새로 뿌렸다. 마침내 씨 앗에서 싹이 돋아나더니, 3, 4월 장마철에는 쑥쑥 자라 놀랄 정도로 탐스럽게 여물었다.

그러나 겨우 한 줌 정도의 씨앗에서 나온 것이라 쌀과 밀을 합해서 5리터 정도밖에 안 되었다. 그래도 기후가 따뜻해서 농 사를 1년에 두 차례 지을 수 있으니 다행이었다.

이제는 가져왔던 빵과 비스킷도 거의 떨어졌다. 빵을 만들어 먹을 생각을 하자, 다음 씨 뿌리는 계절이 몹시 기다려졌다.

그러나 다음 계절이 올 때까지 씨앗을 한 알도 잃지 않고 간 수하기란 매우 어려운 일이었다. 그러려면 무엇보다 광주리가 있어야 했다.

어렸을 때 이웃 가게에서 광주리 만드는 것을 본 기억을 되 살려 만들어 보았으나, 나뭇가지가 똑똑 부러져서 모양이 제 대로 나오지 않았다. 적당한 나뭇가지를 구하려고 돌아다니다 가 울타리로 박아 놓은 나무에서 돋아난 새 가지가 버들같이 탄력이 있다는 것을 알게 되었다.

나는 곧 그 가지를 베어 그늘에 말린 후 바구니를 만들었다. 우스꽝스럽기 짝이 없었지만 그래도 거기에 씨앗을 담아 처마 밑에 매달아 놓으니, 들쥐의 피해를 막을 수 있었다.

'역시 무엇이든 끈기 있게 하면 되는구나. 다른 물건도 만들어 보자.'

광주리를 만드는 데 성공한 뒤 자신감을 얻은 나는 다른 모든 일에도 희망을 갖게 되었다.

그래서 액체를 담아 둘 그릇과 무엇을 삶을 때 필요한 냄비도 만들어 보기로 했다.

구운 고기나 구운 생선은 이제 질릴 대로 질렸기 때문에 국도 끓이고 볶을 수도 있는 냄비는 꼭 필요한 물건이었다.

그러나 쉬운 일은 아니었다.

여러 차례 실패를 거듭한 끝에 겨우 만든 냄비에 물을 붓고 고기를 넣어 끓여 보았다. 그러나 도중에 냄비가 여러 조각으로 갈라져서 아까운 음식만 버리고 말았다.

그 바람에 옆에서 지켜보고 있던 개가 뜨거운 재를 뒤집어쓰고 펄쩍펄쩍 뛰었다.

나는 한동안 냄비 만드는 일에서 손을 떼기로 했다.

앵무새와 새끼 산양

나는 섬 전체를 다시 돌아보기로 했다. 진작부터 생각은 하고 있었지만 별장을 짓느라 잠시 잊고 있었던 섬 탐험에 나서기로 한 것이다. 총을 어깨에 메고 도끼를 허리에 찬 다음, 화약과 나머지 탄환도 모두 가지고 개와 함께 출발했다.

가는 도중에 언덕 위에서 내려다보니 넓은 바다가 한없이 펼쳐져 있었다. 하늘과 수평선 저 멀리 육지 같은 것이 보였다.

'저것은 섬일까, 육지일까? 사람들이 살고 있는 육지라면 얼마나 좋을까?'

배가 난파되었을 당시 폭풍우의 방향을 따져 보니, 그 육지는 아프리카 대륙의 일부인 듯했다.

어쩌면 소문으로만 들었던 에스파냐령과 브라질 사이에 있는 식인종이 사는 섬일지도 모른다는 생각이 들었다.

'만일 그놈들이 이 섬으로 건너온다면……. 아냐, 그럴 리 없어…….'

나는 두려운 생각을 떨쳐 버리기라도 하듯이 머리를 세차게 흔들었다.

섬 반대쪽 북쪽 해안은 내가 조난을 당한 해안에 비해 경치가 빼어났다. 은빛으로 반짝이는 모래사장과 푸른 초원에서 지저귀는 새소리, 꽃향기…….

조금 더 안쪽으로 들어가니 반짝이는 나뭇잎 속에 깃털이 화려한 앵무새들이 있었다. 앵무새들은 달아날 생각을 하지 않고 오히려 나를 내려다보고 있었다.

'옳지, 저놈을 잡아서 말을 가르쳐 보자. 그러면 덜 외롭겠지.'

오랫동안 사람과 말을 하지 못했기 때문에 말할 상대가 그리워 견딜 수 없을 지경이었다.

나는 낮은 가지에 앉아 있는 앵무새에게 살금살금 다가가서 한 마리를 사로잡았다.

다음 탐험을 할 때에는 바위 집에서부터 반대쪽 해안으로 돌아 다시 이곳으로 와야겠다고 생각하고, 내가 서 있는 곳에 표시를 해 놓았다. 그리고 집에 가려고 돌아섰다.

언덕을 하나 넘었을 때 풀숲에서 바스락거리는 소리가 들렸다. 나는 소리 나는 쪽을 향해 재빨리 총을 겨누었다. 가슴을 졸이며 방아쇠를 잡아당기려는 순간, 덩굴 속에서 새끼 산양이 뛰어나왔다.

그러자 개가 재빨리 달려가 산양의 목덜미를 물고 늘어졌다. 새끼 산양이 비명을 질러 댔다.

"옳지, 산양도 데리고 가서 길러 보자."

나는 덩굴을 걷어 밧줄을 만들었다. 그리고는 산양의 목에 묶어 집까지 끌고 왔다.

집으로 돌아온 나는 산양을 우리 안으로 몰아넣고, 풀과 마른 잎사귀를 충분히 던져 주었다.

그 후 일주일 동안은 집에서 앵무새 새장 만들기에 열중했다.

앵무새의 이름은 '폴'이라 짓고, 열심히 말을 가르쳤다.

"내 이름은 로빈슨이야. 로빈슨, 로빈슨……."

"로빈, 로빈⋯⋯."

앵무새는 조금씩 말을 했다.

오랜만에 서툴게나마 이름을 불러 주는 친구가 생긴 것이다. 그것은 나에게 커다란 위안이 되었다.

처음에는 개와 앵무새가 서로 싸우기도 했으나 어느새 친해져서 가족같이 사이좋게 지냈다.

새끼 산양도 한동안 개를 무서워하더니 개가 자기를 해치지 않는다는 것을 알고부터는 그 뒤를 졸졸 따라다녔다.

식사 때가 되면 앵무새는 내 어깨 위에 날아와 앉았다. 그리고 새끼 산양은 테이블 곁으로 다가와 내 발 아래에 엎드려 있던 개와 서로 장난을 치는 일이 잦아졌다. 행복한 날들이었다.

농사로 얻은 빵

어느새, 또다시 9월 30일. 섬에 온 지 만 2년이라는 시간이 흘렀다. 이제는 섬 생활에 익숙해져서, 하루 계획표를 만들어 놓고 살아가고 있었다.

하루에 세 번씩 성경을 읽으면서 기도를 하고, 날씨가 좋으면 사냥을 하거나 농사를 지었다. 사냥을 해서 얻은 고기를 말리거나 짐승 가죽을 벗겨 옷 만드는 일도 했다.

농사에 온 힘을 기울인 결과 벼와 밀을 각각 다섯 말쯤 거두어들일 수가 있었다. 그 수확은 땀과 노력의 결실이었으므로, 씨앗 한 알도 무척 소중하게 느껴졌다.

'한 움큼의 씨앗이 이렇게 많은 양의 곡식이 되다니······. 다음에는 이걸 전부 심어서 더 많이 거두어들이자. 그러면 다음 수확 때부터는 빵을 구워 먹을 수 있을 거야. 음, 빵을 구우려면…….'

밀을 가루로 만들려면 절구가 필요했다. 절구로 쓸 만한 돌을 찾아보았지만, 모래가 섞인 돌뿐이라 잘못하다가는 밀가루가 모래투성이가 될 것 같았다.

오랜 궁리 끝에 나무 둥지를 잘라 구멍을 파서 절구 비슷한 물건을 만들었다.

절굿공이는 철나무를 다듬어 만들었는데, 그 일에 무려 석

달이라는 시간이 걸렸다.

가루를 치는 체는 난파선에서 가져온 선원의 옷을 잘라 만들었다. 가로 세로 한 올씩 실을 뽑고, 밑창이 없는 상자 바닥에 붙여 간신히 체를 완성했다. 절구와 체를 만드는 동안 뿌려 두었던 밀과 벼가 익어 벌써 거둘 때가 되었다.

절반은 씨앗으로 남겨 두고 절반은 빻아서 가루로 만들었다.

그러나 빵을 만드는 것도 쉽지 않았다. 먼저 불을 피우고 넓은 철판을 충분히 달군 다음, 그 위에 밀가루 반죽을 얹고 진흙으로 만든 쟁반 같은 그릇을 덮어 한 시간 정도 익혔다.

시간을 맞추어 뚜껑을 열자, 빵에서 먹음직스럽게 김이 모락모락 나고 있었다.

갓 구운 빵을 꺼내자 개와 산양이 다가와 코를 벌름거렸고, 앵무새 폴도 내 어깨에 앉아 부리로 빵을 콕콕 찍어 댔다.

"이놈들아, 기다려라. 주인부터 먹어야지."

나는 빵 조각을 얼른 입 속에 집어넣었다. 그렇게 맛있는 빵은 처음 먹어 보는 듯했다.

모두에게 빵을 조금씩 나누어 주었더니, 어느 틈에 벌써 다 먹고 더 달라고 졸랐다.

"자, 이번에는 건포도를 넣어 보자."

건포도를 넣은 빵은 더 기막히게 맛있었다. 빵 굽는 데 성공하자 토기 만드는 일을 다시 시작해 보고 싶었다. 그러나 흙으로 만든 그릇은 여전히 쉽게 깨졌다.

그러던 어느 날이었다. 산양 기름을 졸이고 불을 끄다가 문득 불 속에 들어갔던 진흙 덩어리가 돌덩이처럼 단단하게 굳어 있는 것을 발견했다.

'그래. 흙으로 만든 그릇을 불에다 구워 보는 거야. 왜 여태 그 생각을 못했을까? 물을 끓이는 토기도 이렇게 만들 수 있을 거야. 어디 한번 해 보자.'

곧 지난번에 만든 그릇을 한 곳에 모아 놓고 장작을 빙 돌려 쌓은 후 불을 피웠다.

세 시간이 지나자 토기가 까맣게 변했다. 금이 가거나 부스러지지도 않았다. 그때를 놓치지 않고 차츰 열을 낮추었다.

구워 낸 그릇을 충분히 식힌 다음, 물을 붓고 고기와 바다거북의 알과 채소를 함께 넣고 끓였더니, 훌륭한 수프가 되었다. 마침내 토기를 만드는 데 성공한 것이다.

통나무배

 나는 시간이 날 때마다 집 근처의 높은 곳에 올라가 바다 쪽을 살펴보곤 했다. 맑은 날이면 멀리 동쪽 바다에 크고 작은 섬들이 수십 개씩 보였다. 그 근방의 바다는 배가 다니는 항로 같기도 했다. 그곳에 가 보고 싶은 마음이 굴뚝 같았지만, 어깨에 날개가 돋아나지 않는 이상 갈 방법이 없었다.

 '그래, 배가 있으면 갈 수 있어. 이번엔 통나무배를 한번 만들어 보는 거야.'

 갑자기 열대 지방의 흑인들이 큰 나무를 파서 만든 통나무배가 생각났다.

 나는 곧장 밀림 속으로 들어가 통나무배를 만들 만한 나무를 한 그루 골랐다. 지름이 2미터에 높이는 8미터나 되고, 곧게 잘 자라서 아래쪽에는 가지가 하나도 달려 있지 않은 나무였다.

도끼를 휘둘러 힘껏 나무를 찍었다. 서너 시간을 땀을 뻘뻘 흘리며 매달렸지만, 그날은 얼마 베지 못했다. 오히려 도끼날만 무디어져 버렸다.

다음 날부터 오전에는 도끼를 갈고, 오후에 나무를 찍는 일을 계속 했다. 그렇게 20일이 지날 무렵 나무의 5분의 4 정도를 베었다.

'이만하면 넘어갈 것도 같은데…….'

밑동에 등을 대고 힘껏 밀어 보았다. 그러자 거대한 나무가 요란한 소리를 내며 한쪽으로 쓰러졌다.

그 나무를 적당한 길이로 베는 데에만 다시 2주일이 걸렸다. 그 다음에 배의 형태로 모서리를 깎는 데 한 달, 속을 파내는 데 석 달이나 걸렸다.

완성해 놓은 배를 보니 스무 명도 넘게 탈 수 있을 것 같았다. 그런데 생각지도 못했던 문제가 생겼다. 배를 만드는 데에만 신경을 썼지, 그것을 바다까지 옮겨야 한다는 사실을 깜빡 잊었던 것이다.

땅에 골을 파고, 배를 밀어 운반하는 것은 어떨까 하는 생각도 해 보았지만, 그렇게 하려면 10년도 넘게 걸릴 것만 같았다.

"오, 맙소사!"

나는 완전히 낙담해서 그 자리에 털썩 주저앉았다.

앞일도 생각하지 않고 곰같이 미련하게 일한 것이 몹시 후회스러웠다. 쓸데없는 고생을 하고 있는 동안 섬에 온 지도 벌써 4년째에 접어들고 있었다.

세월이 그렇게 흘렀으므로, 처음 배에서 가져왔던 옷들도 모두 낡고 해져서 이제 완전히 바닥이 났다.

나는 짐승 가죽으로 옷을 만들어 입기로 했다. 사냥한 짐승의 가죽 가운데 그늘에서 말린 양가죽이 옷을 만들기에 가장 알맞았다. 난파선에서 가져온 바늘과 실로 겨우 조끼와 바지의 형태를 갖춘 옷을 만들 수 있었다.

입어 보았더니 마치 털가죽을 뒤집어쓰고 있는 것 같았다. 옆에서 지켜보던 개도 이상하다는 듯이 짖었다. 앵무새 폴도 낯선 사람을 본 것처럼 날갯짓을 해 댔다.

신발은 물개 가죽을 말려서 만들었다.

늘 필요했던 양산도 하나 만들었다. 그것은 참으로 어려운 작업이었다. 철나무로 자루를 만들고 철사로 뼈대를 엮어 그 위에 양가죽을 씌웠다.

그럭저럭 양산을 만들어 놓고 보니, 접히지가 않았다. 다시 두 달 동안 노력한 결과, 겨우 접었다 펼 수 있는 양산을 완성했다. 그만큼 정성이 들어간 물건이었기 때문에 그것을 무기 다음으로 소중한 보물로 여겼다.

나는 또다시 통나무배를 만들기 시작했다. 지난번의 실패를 거울삼아 아주 작게 만들어 바다까지 운반하는 데에도 성공했다. 물론 그것으로 넓은 바다까지 나갈 수는 없었지만, 근처에 있는 해안이나 작은 섬까지는 충분히 갈 수 있었다. 지금으로 선 그것만으로도 충분했다.

나는 배를 타고 해안을 돌며 아직 가 보지 못한 곳을 더 탐험해 볼 생각이었다.

파도에 실려

내가 통나무배를 타고 출발을 한 것은 섬에 온 지 6년째 되는 11월 6일의 일이었다.

통나무배에 돛대를 세우고, 난파선에서 가져온 돛 조각을 꿰매 돛을 달았다. 뱃머리 쪽에 식량을 싣고, 뒤쪽에는 보물처럼 귀하게 여기는 양산을 세워 햇빛을 가렸다.

이윽고 해안선 깊은 곳으로 들어가자, 크고 작은 섬들이 길게 뻗어 있고, 암초가 나타났다 사라졌다 했다.

그래서 근방에 배를 대고 섬으로 올라갔다.

총을 들고 높은 바위 위에 올라가 사방을 돌아보았다.

섬기슭에서 검푸른 바닷물이 무서운 기세로 동쪽으로 휘말

려 흐르다가 얕은 곳에서 두 갈래로 갈라지고 있었다.

'꼭 지옥의 문턱 같군.'

조류의 기세가 험해 그만 그곳을 떠나려다가, 바람 때문에 도저히 통나무배를 띄울 수가 없을 것 같아 잠시 기다려 보기로 했다. 그런데 저녁때가 되자 바람이 더욱 거세게 불면서 파도도 사나워졌다.

사흘이 지나서야 겨우 바람이 잠잠해져서, 배를 해안에 바짝 대고 천천히 나아갈 수 있었다.

그렇게 간신히 소용돌이에서 벗어났다고 생각하고 있을 때였다. 배가 알 수 없는 힘에 밀려 엉뚱한 곳으로 흘러가기 시작했다. 어딘지 모르는 곳으로 휩쓸려 가다 보니 급류의 한가운데로 향하고 있었다.

'큰일 났다!'

있는 힘을 다해 노를 저었지만, 격류 앞에서 속수무책이었다.

'아, 이제 다 틀렸구나!'

내 뒤로 섬은 점점 멀어져 가고 있었다.

섬의 푸른 산들이 내게 돌아오라고 손짓을 하는 것 같았다. 지금 이 상태로 밀려간다면 저 멀리 보이는 군도에 도착할 것이 틀림없었다.

어느 정도 마음을 가라앉히고 조류에 몸을 맡기고 있다가 나는 깜짝 놀랐다. 조류는 섬의 정면에서 남쪽과 북쪽으로 갈라져 흘렀는데, 내 배는 남쪽의 격류에 휩쓸려 떠내려가고 있었던 것이다. 남쪽은 끝도 없는 바다였다. 완전히 휩쓸리는 날에는 어디에서 멈추게 될지 모를 일이었다.

정신 없이 배의 방향을 돌리려고 애를 썼지만, 그 보람도 없이 배는 점점 조류의 갈림길로 흘러갔다.

뱅뱅 도는 소용돌이 한복판에 들어가는 날이면 그것으로 마지막이었다.

갑자기 머리 위에서 "퍽!" 하는 소리가 들려왔다. 바람이 너무 심해서 돛이 찢어진 것이었다.

그 바람에 배가 한쪽으로 기울어졌다. 내 몸도 거의 바닥에 쓰러질 정도가 되었다.

'큰일이다!'

한 손으로 돛줄을 바꾸고, 다른 한 손으로는 키를 조정했다. 순간 뱃머리가 휙 돌아가며 배가 북쪽으로 방향을 틀었다.

바람의 힘으로 간신히 소용돌이에서 벗어나 북쪽으로 향하는 조수를 따라 흘러가게 된 것이었다.

'후유, 살았다!'

사형장에 한 발을 들여놓았다가 구원을 받아 되살아난 기분이었다.

배는 북서 방향으로 달리고 있었다. 이대로 간다면 곧 섬의 북쪽 해안이 나오게 될 것 같았다.

잠시 후, 바다는 호수같이 잔잔해졌다. 드디어 그리운 섬의 바위들이 그 모습을 드러냈다. 태양은 이미 산 뒤쪽으로 기울었고, 바다에도 서서히 어둠이 내리기 시작했다.

몸이 물에 젖은 솜처럼 무거웠다. 저녁 식사를 마치기가 무섭게 나는 배 바닥에 쓰러져 그대로 깊은 잠에 빠졌다.

다음 날 아침, 배에서 내려 가까이에 있는 작은 언덕으로 올라갔다. 그러고는 아래를 내려다보았다. 살펴보니 탐험 여행 때 통과했던 해안에서 그리 먼 곳은 아니었다. 그 강의 상류를 따라 올라가면 내가 만들어 놓은 별장이 있을 것 같았다.

눈에 잘 띄지 않는 곳에 배를 숨겨 두고 걸음을 옮겼다.

"아, 별장이다!"

넓은 초원을 단숨에 내달아 별장 안에 들어가 보았다. 내가 남겨 두었던 물건들이 모두 얌전히 제자리에 있었다.

나는 방에 눕자마자 다시 잠에 빠져들었다. 그런데 잠결에 이상한 소리가 들려 눈을 떴다.

"로빈……슨. 로빈……슨……."

가만히 누워 눈만 껌벅이고 있던 나는 깜짝 놀라 자리에서 벌떡 일어났다.

"누구야?"

밖으로 뛰어나가 사방을 둘러보았지만 아무도 없었다.

"로빈……슨……. 로빈슨."

앵무새 폴이었다. 폴이 울타리 위에 앉아 나를 부르고 있었다.

"폴! 네가 어떻게……?"

내가 소리치자 폴이 내 어깨로 포르르 날아와 앉았다.

"며칠 동안 집을 비웠더니 걱정이 되어 이리로 찾아왔나 보구나."

나는 폴의 부드러운 깃털을 쓰다듬어 주면서 이렇게 중얼거렸다.

이상한 발자국

사나운 풍랑에 혼이 난 나는 몇 해 동안은 배를 탈 엄두도 내지 못했다. 그냥 바위 집과 별장을 오가며 평화로운 나날을 보냈다.

1년에 두 차례씩 농사를 지었는데, 해가 거듭될수록 씨앗이 늘어 새로운 밭까지 일구게 되었다. 수확량도 늘어났고, 그것을 보관할 창고도 더 지어야 했다.

안타까운 것은 화약과 탄환이 점점 줄어든다는 것이었다. 만일 그것이 모두 떨어지고 나면, 중요한 양식이 되는 산양의 고기도 구할 수 없을 것 같아 덫을 놓아 짐승을 잡는 방법을 연구해 보았다.

곧 덫을 만들어 사용해 보았지만, 쇠로 만든 것이 아니라 실패를 거듭했다. 이번에는 산양들이 잘 모이는 장소에 구덩이를 대여섯 군데 팠다. 그리고 그 위에 흙과 나뭇잎을 살짝 덮고, 밀과 쌀을 뿌려 놓았다.

다음 날 가 보니 산양 세 마리가 빠져 있었다. 그런데 올가미로 한 놈을 끌어올리다가 잘못해서 그만 놓쳐 버리고 말았다. 나머지 두 마리는 그냥 구덩이 속에 둔 채 사흘 만에 가 보았더니, 굶어서 축 늘어져 있었다. 나는 한 놈씩 끌어올려서 물과 먹이를 주었다.

산양들은 배가 몹시 고팠는지 먹을 것을 넙죽넙죽 받아 먹고는 순순히 나를 따라왔다. 나는 목장을 만들어 그 산양들을 기르기로 했다.

좋은 장소를 골라 말뚝을 박고 산양을 풀어 놓았다. 산양들은 모처럼 신나게 뛰어놀았다.

2년 동안에 산양은 12마리 정도로 늘어났고, 5년 후에는 식량으로 잡아먹은 놈을 제외하고도 43마리에 이르게 되었다. 나는 그 산양들을 작은 울타리 다섯 군데에 나누어 키웠다. 그리고 야생 포도 씨앗을 따서 포도도 재배했다.

포도는 잘 말려 건포도로 만들어 두었는데, 설탕이 없는 이 섬에서는 중요한 식품이었다.

어느덧 15년이라는 세월이 흘렀다. 섬에는 내 집이 두 채 있었다. 하나는 절벽 밑에 있는 바위 집이었는데, 세월이 흐르면서 천막이 썩었다. 그래서 양가죽을 여러 장 이어 올리고 잘 썩지 않는 풀로 덮었더니 다시금 새 집처럼 근사해졌다.

나는 그곳에 방을 여러 칸 만들어 점점 늘어나는 살림살이들을 차곡차곡 정돈했다.

습기가 차지 않는 넓은 방에는 화약과 탄환, 그리고 온갖 양식들을 저장해 두었다.

다른 집은 별장이었는데, 한쪽으로는 숲이 우거진 넓은 밭이 있었고, 그 밭에서 조금 떨어진 개울 근처에는 목장이 있었다.

어느 날이었다. 바다거북이라도 잡을 생각으로 통나무배를 매어 둔 해안을 걷다가 나는 기절을 할 듯이 놀랐다. 모래사장에 사람 발자국이 찍혀 있었기 때문이다.

'발자국이 무척 크네. 혹시 사람을 잡아먹는 식인종이 아닐까?'

재빨리 내 발자국을 지우고 높은 언덕으로 올라갔다.

'어쩌면……, 바다 건너에 있는 식인종들이 배를 타고 가다가 풍랑을 만나 이 섬에 들어왔는지도 몰라. 잠시 쉬었다 그냥

돌아갔겠지. 그렇지만 혹시……?'

그들이 섬에 사람이 있다는 것을 알아차리고 되돌아온다면 큰일이었다.

나는 다시 불안과 공포에 사로잡혔다. 그 후로는 되도록이면 먼 곳으로 나가지 않는 것은 물론, 그들의 눈에 띄지 않도록 배를 동쪽 해안 더 깊숙한 곳에 감추어 두었다.

그리고 그들이 이 섬에 쳐들어올 때를 대비해 바위 집의 울타리 바깥쪽으로 또 나무를 심었다. 울타리에는 철조망을 치고 안쪽에는 나무를 쌓아 막았으며, 군데군데 총구멍도 만들어 두었다.

그런 다음, 총 8자루를 준비해 두고 여차할 경우 어느 것이라도 손쉽게 사용할 수 있도록 했다.

울타리 바깥쪽에 심은 수십 그루의 나무는 무럭무럭 자라나 5, 6년이 지난 뒤에는 비밀 통로를 잘 아는 나도 간신히 드나들 수 있을 정도였다.

안쪽 울타리의 중간에는 일부러 공간을 넓게 비워 두어 식인종이 기습하더라도 그들이 몸을 숨길 수 없게 했다.

별장 주위에도 나무를 심어서 잘 보이지 않게 했으며, 숲속 군데군데 말뚝을 박고, 양을 몇 마리씩 나누어 길렀다.

동굴에는 옆쪽으로 구멍까지 뚫어, 만일의 경우 도망갈 수 있는 길을 마련해 놓았다.

이 모든 것을 준비하는 데 무려 6년이 걸렸다. 그때까지 아무도 나타나지 않자 나는 그제야 마음을 놓을 수 있었다.

그런데 어느 날, 밖에서 놀고 있던 앵무새 폴이 다급하게 날아오며 소리쳤다.

"로빈슨, 로빈슨!"

폴의 목소리는 예사롭지 않았다.그는 나를 부르면서 나뭇가지 위로 날아갔다.

나는 황급히 총과 큰 칼을 집어들고 폴을 따라갔다. 이윽고 폴은 작은 목장에 이르렀다. 목장 옆에 개가 힘없이 쓰러져 있었다.

"아니, 왜 이러니?"

나는 얼른 개를 일으켜 두 팔로 안았다. 개는 눈을 가늘게 뜨고 꼬리를 힘없이 흔들면서 고통스러운 듯 숨을 몰아쉬고 있었다. 독초라도 먹은 것이 아닌가 해서 주위를 둘러보았지만, 아무것도 없었다.

'아아, 너무 늙어서 쓰러졌구나!'

개는 이 섬에서 20년 넘게 나와 함께 살았다. 그나마 다른

개보다 오래 살 수 있었던 것은 섬의 공기가 맑고 깨끗했기 때문이었다.

그러나 몇 년 전부터 유난히 숨을 헐떡거리기 시작했고, 이빨도 거의 빠져서 음식을 잘 먹지 못했다. 그러고 보니, 오늘 아침 양고기를 넣고 끓여 준 죽도 반이나 남겼다. 나도 모르게 눈물이 핑 돌았다.

개울물을 떠 와서 개의 입에 흘려 주었더니, 일어서려고 안간힘을 쓰다가 다시 힘없이 쓰러졌다. 나는 개를 안고 집으로 돌아왔다. 럼주에 물을 타서 입에 넣어 주기도 하고, 빵이나 양고기를 입에 넣어 주기도 했지만, 물만 겨우 넘길 뿐 빵 같은 것은 먹지 못했다.

"아아, 이제 틀렸구나! 난파선에서 데리고 왔을 때부터 나에게 힘을 주었던 사랑하는 개가……."

나는 개를 자리에 눕히고 머리를 쓰다듬어 주었다. 온몸을 사시나무처럼 떨고 있는 것으로 보아 열이 심한 것 같았다.

'어떻게 살릴 수 없을까? 한 달만, 아니 며칠 만이라도…….'

나는 사랑하는 자식을 보살피는 마음으로, 그날 밤새도록 개를 품에 안고 잤다.

다음 날 아침에는 상태가 더욱 악화되어 물도 양젖도 먹지 못했다. 개는 내 가슴에 코를 대고 비비면서 나를 물끄러미 쳐다보았다. 개의 두 눈은 점차 힘을 잃고 있었다.

"안 돼! 정신 차려!"

내가 울부짖으며 등을 쓰다듬어 주자, 감았던 눈을 다시 떴다가 조용히 눈을 감았다.

눈물이 왈칵 쏟아졌다.

내 어깨에 앉아 있던 폴도 슬픈 듯이 꼼짝도 하지 않았다.

나는 바다가 잘 내려다보이는 언덕 위에 무덤을 만들고, 하얀 나무로 십자가를 만들어 꽂아 주었다. 그리고 개가 잘 먹던 양고기와 양젖, 빵을 그 앞에 갖다 놓고 들꽃을 뿌려 주었다.

동굴 속의 보물

다시 몇 년이 흘렀다.

어느 날, 숯을 구우려고 숯가마에 나무를 쌓다가 그 근처에 있는 동굴을 하나 발견했다. 덩굴과 잡초를 헤치고 안을 들여다보았다. 동굴은 두 사람 정도 들어갈 수 있을 만큼 컸다.

'산양 떼를 숨겨 두기에 안성맞춤이군.'

이런 생각을 하며 좀 더 안쪽으로 들어가 보았다. 7, 8미터 정도 들어가자 암벽이 앞을 가로막고 있었다. 암벽에서 옆으로 꺾어지는 곳이 있어서 그쪽으로 횃불을 쳐들어 보았다. 순간 시커먼 암벽이 눈부시게 반짝거렸다.

"앗!"

　횃불을 좀 더 가까이 비추어 본 나는 내 눈을 의심했다. 바위틈에 헤아릴 수 없이 많은 수정이 옹기종기 엉켜 있었던 것이다.

　"수정이다!"

　그 황홀한 빛에 나는 잠시 넋을 잃었다. 그러나 다음 순간 더 놀라지 않을 수 없었다. 수정 사이사이에 그보다 더 빛나는 것이 있었기 때문이었다.

　"아니, 이건 금이잖아!"

나는 주위를 둘러보았다. 바위틈과 발 근처에 널려 있는 숱한 자갈들이 전부 찬란한 빛을 내고 있었다. 아무래도 다이아몬드 같았다. 황금과 보석이 가득한 동굴이었다. 만약 이것을 모두 파낸다면, 대단한 값어치가 있을 것이었다. 그러나 황금이나 보석도 지금의 내 처지로서는 아무짝에도 쓸모가 없다는 사실을 깨달았다. 그것은 난파선에서 가져온 금화와 다를 바 없었다.

갑자기 허탈해졌다. 그러나 이 섬에서 구출된다면, 이것은 그야말로 큰 재산이 될 것이었다. 게다가 이곳은 은신처로도 손색이 없었다. 바닥은 말끔히 말라 있었고, 벽에는 습기가 없었으며, 천장에서 물이 흘러내리지도 않았다.

나는 곧 중요한 물건들을 이곳으로 옮겨 놓고, 식인종이 섬으로 쳐들어올 경우 여기서 숨어 지내기로 했다.

소총 세 자루, 새총 두 자루와 화약과 탄환, 말린 고기, 건포도, 빵, 럼주, 물 항아리 등 보름 정도는 견딜 수 있는 물건들을 저장해 두었다.

식인종들의 춤

섬에 들어온 지 23년, 집에서 몰래 나와 떠돌았던 것까지 치면 부모님과 헤어진 지 벌써 34년째였다. 늙은 부모님이 살아 계시다고 믿기에는 너무 긴 세월이 흘러 있었다.

후회의 눈물이 뺨을 적셨다. 부모님이 계시지 않는 고향에 이런 보물을 가지고 돌아간다고 한들 무슨 소용이 있을까? 맏형은 전사하고, 둘째 형은 행방불명이 되었으니, 그 웅장한 저택과 아름다운 정원도 다른 사람의 손에 넘어갔을 것이 분명했다. 만약 그대로 남아 있다면, 잡초만 무성할 것이었다.

'아버님, 어머님, 제발 살아만 계십시오.'

나는 울면서 기도를 했다. 그렇게 또 며칠이 흘렀다.

나는 밭에 있는 밀을 거두어들이려고 아침 일찍 집에서 나와 사다리를 넘었다. 바로 그 순간, 멀리 서쪽 해안에서 모닥불이 벌겋게 타오르고 있는 것이 보였다.

"앗, 침입자다!"

나는 재빨리 집으로 들어가 총 다섯 자루에 탄환을 재어 울타리 사이에 뚫어 놓은 총구멍에 장치를 해 놓고, 망원경으로 놈들의 움직임을 살펴보았다.

놈들은 고기를 구워 먹으며 모닥불 주위를 빙빙 돌면서 춤을 추고 있었다. 서른 명 가까이 되어 보였다.

한참 동안 신나게 춤을 추던 그들은 술에 취해 하나둘씩 모래사장에 쓰러졌다.

'쏘아 버릴까?'

나는 총을 그들에게 겨누었다가 그만두었다. 놈들의 숫자가 워낙 많았던 것이다.

아무리 술에 취해 있다고 해도 서른 명 가까이 되는 사람들을 한꺼번에 쏘아 맞힐 수는 없는 노릇이었다. 만약에 실패해서 한 놈이라도 살아남는다면 그는 틀림없이 복수를 하러 다시 올 것이다.

나는 밤새도록 소리를 죽이고 그들을 살폈다.

어느덧 바다와 모래사장이 아침 햇살에 물들기 시작했다. 그러자 놈들은 하나둘 자리에서 부스스 일어나더니 물가에 매어 둔 배에 올라 급히 노를 젓기 시작했다. 아마도 물이 빠지기 전에 나가려고 서두르는 것 같았다.

그들의 모습이 완전히 사라진 것을 확인한 나는 모닥불이 타고 있는 해안으로 가 보았다.

"아, 아니, 이럴 수가!"

나는 그들이 남기고 간 처참한 모습에 눈을 감고 말았다. 모래 위에는 피 묻은 해골 세 개가 나뒹굴고 있었고, 남은 고기가 모닥불 위에서 타고 있었다.

'잔인한 놈들!'

나는 온몸을 부르르 떨면서 이를 악물었다.

한밤중의 대포 소리

섬에 온 지 25년이라는 세월이 흐르고 있었다.

어느 날, 아침부터 시작된 폭풍우가 밤이 되면서 더욱 심해졌다. 나는 천막 속에서 고요한 마음으로 성경을 읽고 있었다. 그런데 바다 쪽에서 이상한 소리가 들려왔다. 처음에는 천둥 소리라고 여기고 대수롭지 않게 생각했지만, 가만히 귀를 기울여 보니 대포 소리였다.

나는 산양 가죽 외투와 모자를 뒤집어쓰고 울타리 꼭대기로 기어 올라갔다. 바람이 사납게 휘몰아쳤다. 나는 사다리를 꽉 붙잡고 바다 저편에 끝없이 펼쳐져 있는 암흑의 천지를 뚫어지게 바라보았다.

"쾅, 쿵쾅!"

또 이상한 대포 소리가 들려왔다. 그것은 난파선에서 보내는 구조 신호가 틀림없었다.

나는 어둠 속을 계속 쳐다보았다. 멀리서 파란 불꽃이 번쩍하더니 또다시 대포 소리가 울렸다. 내가 탄 배가 암초에 걸렸던 곳에서 얼마 떨어지지 않은 지점인 듯했다.

나는 울타리에서 뛰어내려 해안의 절벽 위로 내달았다. 어둠 속에서 넘어지고 자빠지기를 수차례, 흙투성이가 된 몸을 가누며 불꽃이 일고 대포 소리가 들리는 쪽을 바라보았다.

난파선은 조류에 밀려 떠내려가는지, 불꽃과 대포 소리도 동쪽으로 멀어져 가고 있었다. 그쪽에는 내가 걸려들었던 죽음의 소용돌이가 있었으며, 곳곳에 바위와 암초가 도사리고 있었다.

'어떻게 해서라도 여기에 사람이 있다는 것을 알려야 한다.'

나는 일단 천막으로 돌아와, 만약의 경우를 생각해 마련해 두었던 숯과 마른 나뭇가지를 가지고 다시 밖으로 나왔다. 불을 피울 생각이었지만, 비바람 때문에 마음대로 되지 않았다.

"쾅, 쿵쾅, 쿵, 콰쾅!"

구조의 손길을 찾는 대포 소리가 더욱 요란하게 울려 퍼졌다.

'무슨 방법이 없을까? 불길이 피어오르는 것을 보는 것만으로도 선원들은 큰 힘을 얻을 텐데…….'

나는 다시 천막에서 화약 주머니를 짊어지고 나와 고목 더미 위에 화약을 뿌렸다.

내게는 귀중한 화약이었지만, 사람들의 목숨을 구하는 일이라고 생각하니 아깝지 않았다.

고목에 불을 당기자 금세 굉장한 기세로 타올랐다.

"됐다!"

그 불빛을 보았는지 대포 소리가 한층 더 커졌지만, 그 소리는 이내 동쪽으로 멀어져 갔다.

'소용돌이에 휩쓸려 바다 깊이 가라앉지 않았다면 급류에 밀려 멀리 떠내려갔을 거야.'

나는 그들이 무사하기를 빌었다.

새벽이 되자, 그렇게 날뛰던 폭풍우도 누그러지고 천둥 소리도 잦아들었다. 하늘을 뒤덮었던 먹구름이 비껴나면서 햇살이 따사롭게 바다를 비추기 시작했다.

전날과는 사뭇 다른 평온한 아침 하늘이었다. 나는 망원경을 들고 멀리 동쪽 바다를 살펴보았다. 저 멀리에 있는 섬들 근처에서 기울어진 배의 모습을 찾을 수 있었다.

'급류에 밀려가다가 암초에 걸린 모양이다. 배 안에 선원들이 살아 있을지도 모른다.'

한 사람이라도 구해야 한다는 생각에 나는 해안을 따라 섬 끝으로 달려가서 언덕 위에 모닥불을 피워 놓고, 계속해서 열심히 망원경을 들여다보았다. 하지만 배에서는 구조 신호의 연기마저 오르지 않았다.

어쩌면 선원들은 이미 보트를 타고 근처에 있는 섬으로 몸을 피했을지도 모른다. 하지만 어젯밤 거칠게 몰아치던 바람과 파도로 보아서 무사할 것 같지 않았다. 사람들의 운명을 생각하니 가슴이 아팠다.

난파선에서

"앗, 사람이다!"

어쩌면 나처럼 기적적으로 살아남은 사람이 있을지 모른다
는 생각으로 여기저기 살펴보다가 해안 바위틈에서 희끄무레
한 물체를 발견했다.

나는 재빨리 달려가 보았다. 선원들이 입는 조끼에 반바지를
걸친 열두세 살쯤 되어 보이는 소년이 쓰러져 있었다.

나는 재빨리 소년을 안아 일으켰다. 그러나 소년은 이미 숨
이 끊어져 있었다. 인공호흡도 소용이 없었다.

소년의 조끼 주머니에서는 에스파냐 은화 두 닢과 팽이 한
개가 나왔다.

'아, 이 아이는 햇살 밝은 날 갑판 위에서 팽이를 돌리며 재미있게 놀았겠지……. 그리고 선원들은 파이프 담배를 빨며 소년이 노는 모습을 지켜보았을 거야.'

소년을 보니 사람 생각이 더욱 간절해졌다.

나는 소년을 경치 좋은 언덕에 묻어 주고 나무로 십자가를 만들어 세웠다.

혹시 다른 사람들도 파도에 밀려오지 않았을까 싶어 해안을 샅샅이 뒤져 보았지만, 소년 이외에는 아무도 보이지 않았다.

나는 난파선에 사람이 있을지도 모른다고 생각했다. 그래서 배까지 가 보기로 했다.

우선 항아리에 물을 담고, 빵과 럼주 한 병, 건포도 한 광주리 거기에 나침반까지 챙겨서 통나무배가 있는 동쪽 해안까지 날랐다. 그리고 안전한 항해를 기원하며 돛을 올렸다.

부서진 배는 에스파냐의 큰 범선이었는데, 커다란 바위 사이에 끼어 뒤쪽은 형체도 알아볼 수 없을 정도로 부서졌고, 부러진 돛대는 갑판 위에 쓰러져 있었다.

살아남은 사람이 있는지 확인하려고 허공에 대고 총을 몇 차례 쏘아 보았지만, 갑판으로 나오는 사람은 한 명도 없었다.

그때, 뭔가 갑판 쪽으로 달려오는 것이 있었다. 개였다.

"워, 워엉, 웡웡……."

그 개는 사람을 만난 것이 반가운지 꼬리를 흔들면서 짖었다.

내가 손짓해 부르자 곧 물속으로 뛰어들어 헤엄을 쳤다. 나는 통나무배를 저어 개의 목을 움켜잡아 건져 올렸다. 개는 몸부림을 치면서 물을 털어 냈다.

나는 개에게 빵을 한 조각 주었다. 개는 그것을 단숨에 삼키고는 물을 한없이 들이켰다. 굶주림과 목마름에 지쳐 있었던 모양이었다.

나는 통나무배를 난파선 옆에 바짝 붙이고 갑판으로 올라갔다. 제일 먼저 눈에 띈 것은 요리실 근처에서 선원 두 사람이 서로 껴안고 죽어 있는 모습이었다.

"안에 누가 있소?"

소리를 질러 보았지만 여전히 아무런 대답이 없었다. 나는 쓸 만한 것들을 꺼내 통나무배에 싣기 시작했다.

선창에 포도주를 담은 큰 술통이 몇 개 있었지만 거추장스러워 포기하고, 들기에 알맞은 술통 한 개만 통나무배로 옮겼다.

선원실에는 선원의 소지품인 듯한 상자가 여남은 개 있었는데, 그중에서 탄환과 화약이 든 상자 두 개만을 꺼냈다. 주방에서 주전자 두 개와 구리 냄비 같은 요리 도구들도 꺼내 배에

실었다.

　모두 아쉬웠던 물건들이라서 보물을 얻은 것처럼 기뻤다.

　섬에 돌아와 그 물건들을 동굴로 옮겨 놓은 다음, 선원들의 소지품 상자를 열어 보았다. 먼저 멋진 가죽 상자가 눈에 띄었는데, 그 안에는 은빛 마개의 최고급 술들이 들어 있었다. 선원용 셔츠, 구두 두 켤레도 요긴했다. 모시 손수건을 한 다스 반이나 얻은 것도 기쁜 일이었다. 그 밖에도 은화 세 주머니와 금화 여섯 개가 있었다.

　나는 물건들을 잘 챙겨 두고, 밖으로 나왔다. 지난번에 개를 잃은 후 무척 쓸쓸했는데, 다시 개를 얻게 되어 기뻤다. 그 개는 앵무새 폴과도 금세 친해졌고, 목장을 지키는 일도 곧잘 거들었다.

포 로

어느 날 아침, 나는 작은 산봉우리에 올라가 서쪽 해안을 바라보다가 흠칫 놀랐다.

"앗!"

나는 그만 비명을 질렀다. 식인종들의 통나무배 두 척이 모래사장에 반쯤 올라앉아 있었고, 그 주위에 모닥불이 활활 타오르고 있었다.

나는 얼른 망원경을 들고 그쪽을 바라보았다. 모닥불 주변에 모여앉은 식인종은 지난번처럼 서른 명쯤 되었다. 웅크리고 앉아 고기를 뜯어 먹는 녀석이 있는가 하면, 큼직한 단지에서 술을 퍼내 들이켜는 녀석도 있었다. 거나하게 취해서 덩실덩실 춤을 추는 녀석도 있었다.

　그러다가 식인종 몇 명이 통나무배 근처로 가더니 배 옆에 있던 포로 둘을 끌어 내 모닥불 앞으로 끌고 갔다.

　포로들은 공포와 절망으로 온몸을 와들와들 떨고 있었다.

　'저런……. 저들을 어떻게 구출할 방법이 없을까?'

나는 애가 탔다. 그러나 지금 총은 한 자루뿐이었고, 상대방은 서른 명이나 되는 잔인한 식인종이었다.

총대를 꽉 움켜쥐고 초조해하고 있는데, 한 녀석이 굵은 몽둥이를 쳐들더니 한 포로의 머리를 쳤다.

머리를 맞은 포로는 그 자리에 푹 고꾸라졌다. 식인종들은 쓰러진 포로 주위로 모여들더니 들고 있던 칼로 포로의 살을 잘라 내기 시작했다. 나는 도저히 더 이상 볼 수가 없어 망원경에서 눈을 뗐다.

잠시 후, 무심코 망원경에 눈을 갖다 댔을 때였다. 남아 있던 포로가 갑자기 번개같이 뛰기 시작했다.

식인종들은 입을 벌리고 두 손을 높이 쳐들며 소리를 질렀다. 어깨에 활을 멘 녀석과 허리에 도끼를 찬 녀석 등 무장한 식인종 셋이 모래를 차내며 포로 뒤를 쫓았다.

포로는 필사적으로 동굴 쪽으로 달아났다. 나는 동굴 가까이 있는 밀림으로 앞질러 가서 기다렸다. 이윽고 포로는 밀림을 빠져나와 강기슭에 이르러 물속으로 풍덩 뛰어들었다. 그리고는 솜씨 좋게 헤엄을 치기 시작했다.

그 뒤를 따르던 세 명의 식인종 중 두 명은 물속으로 뛰어들었고, 나머지 한 명은 헤엄을 칠 줄 모르는지 그냥 돌아갔다.

나는 나무 그늘에서 뛰어나가 포로를 쫓아가며 큰 소리로 그를 불렀다.

"이쪽으로 와, 어서!"

포로가 휙 돌아보았다.

내 모습이 이상했는지 그의 눈이 휘둥그레졌다.

바로 그때, 뒤쫓아오던 식인종 한 녀석이 나무 그늘에서 뛰쳐나왔다. 식인종은 뜻밖에 나타난 나를 보고 움찔했다.

내가 공격 자세를 취하자, 녀석도 허리에서 날이 시퍼런 도끼를 빼 들고 다가왔다. 나는 총을 겨누고 방아쇠를 당기려다가 놈들이 총소리를 듣고 한꺼번에 몰려올지 모른다는 생각이 들어 그만두기로 했다.

순간 식인종은 괴상한 소리를 지르며 덤벼들었다. 도끼날이 눈앞에서 번쩍하는 순간 나는 재빨리 몸을 피했다. 식인종은 제풀에 앞으로 쓰러질 듯하더니, 다시 자세를 가다듬고 공격해 왔다. 그 순간, 나는 옆으로 슬쩍 몸을 피하면서 총의 개머리판으로 녀석의 머리를 후려쳤다.

"으악!"

녀석이 비명을 지르면서 쓰러졌다. 그가 들고 있던 도끼가 저만치 떨어졌다.

바로 그때였다.

"휙!" 하는 소리를 내면서 화살 하나가 바로 내 귓가를 스치고 지나갔다. 뒤따라오던 또 다른 식인종이 나무 뒤에 숨어서 쏜 것이었다. 식인종은 다시 화살을 쏠 테고, 그 화살에는 독이 묻어 있을 것이었다.

이제 총소리 따위를 염려할 때가 아니었다. 나는 총을 고쳐 들기 무섭게 방아쇠를 당겼다. 식인종은 가슴을 움켜쥐며 땅바닥에 나동그라졌다.

포로는 몸을 웅크리고 부들부들 떨고 있었다.

"일어나. 겁내지 않아도 돼."

나는 포로의 어깨를 잡아 일으켜 주었다.

자기를 해치지 않을 것이라고 생각했는지, 그는 엉거주춤 일어서더니 내 얼굴과 총을 번갈아 가며 보았다.

이윽고 무릎을 꿇어 땅에 입을 맞추고, 나의 한쪽 팔을 자기 머리 위에 공손히 올려놓았다. 그것은 목숨을 살려 주어서 고맙다는 표시와 부하가 되겠다는 몸짓 같았다.

나는 빙그레 웃으며 그를 일으켜 세운 다음, 안심하라는 시늉을 했다. 그는 두 눈에 눈물을 글썽거리며 계속 머리를 조아렸다.

　자세히 살펴보니 나이가 열여덟이나 열아홉쯤 되어 보였다. 어깨며 가슴의 근육이 힘차게 움직였다. 2미터에 가까운 큰 키에 얼굴은 구릿빛으로 반짝거렸고, 콧날은 오똑했다.

　그는 쉴 새 없이 말을 했는데, 전혀 알아들을 수가 없었다. 하지만 27년이라는 오랜 세월 동안 인간의 목소리를 듣지 못한 나의 귀에는 그 소리가 마치 음악처럼 감미로웠다. 그러나 우물쭈물하고 있을 때가 아니었다.

총소리를 들은 식인종들이 언제 몰려올지 모르기 때문에 동굴로 몸을 피하는 것이 시급했다. 나는 포로와 함께 재빠르게 식인종의 시체를 묻었다. 다른 식인종들에게 발각될 염려가 있었기 때문이다.

그리고 포로를 동굴로 데리고 가서 빵과 건포도와 물을 주었다. 그는 정신 없이 먹으면서도 나를 향해 머리를 수없이 숙였다. 몹시 지쳐 보여 동굴 맨 안쪽에 건초 더미를 깔아 놓고 담요를 덮어 주었더니, 드러누워 이내 깊은 잠에 빠져들었다.

나는 귀를 곤두세우고 바닷가 동정을 살폈지만, 식인종들이 습격해 올 기미는 보이지 않았다.

"음, 멋진 부하를 하나 얻었군."

나는 잠든 그의 얼굴을 내려다보며 중얼거렸다.

그 젊은이는 식인 종족답지 않게 늠름했다. 사내다운 풍채에 입가에는 귀여움이 서려 있었다. 머리카락은 길게 흘러내렸고, 살결은 짙은 다갈색이었다. 이마는 높고 넓은 편이었는데, 제법 영리하고 야무져 보였다.

얼마 후, 나는 근처 목장에서 양젖을 짰다.

그때, 잠에서 깬 그가 나오더니 다시 한 번 땅 위에 이마를 대고 감사의 뜻을 표한 뒤, 내 팔을 잡아당겨 자기 머리 위에 올려놓고 순종하겠다는 표정을 지었다.

　나도 그가 마음에 든다는 손짓을 하고는 젖을 짜는 방법을 가르쳐 주었다. 영리해서인지 그는 곧 내가 가르쳐 준 대로 젖을 짜기 시작했다.

　나는 말을 가르쳐 주기로 하고, 먼저 그에게 프라이데이(금요일)라는 이름을 지어 주었다. 그를 구해 준 날이 금요일이었기 때문이다. 그 다음에는 나에게 "주인님."이라고 부르라고 가르치고, "네."와 "아니오."라는 말을 쓰는 것도 알려 주었다.

　눈치가 빠른 그는 몇 번 되풀이하지 않고도 쉽게 말을 배웠다. 나는 그를 잘 가르쳐 훌륭한 청년으로 만들어야겠다고 마음먹었다.

　프라이데이가 손짓 발짓으로 설명한 것에 따르면, 자기 나라가 이웃 나라와의 전쟁에서 크게 져서 그를 비롯한 여러 명이 포로가 되었다는 것 같았다.

　포로들은 몇 사람씩 근처의 섬으로 끌려갔는데, 그는 다른 세 친구와 함께 이 해안으로 끌려왔다고 했다.

　"프라이데이, 네게 옷을 마련해 주마."

　나도 손짓으로 말했다. 그러자 프라이데이는 매우 기뻐하며 내 옷과 모자를 찬찬히 살펴보았다.

동굴에 돌아와 프라이데이에게 선원의 바지를 입혀 보았더니 꼭 맞았다. 또 산양 가죽으로 조끼도 만들어 주었다.

그는 새 옷을 입고 어린아이처럼 좋아했다. 개와 앵무새 폴 앞에서 "봐라, 어떠냐?" 하는 시늉을 하기도 했다.

심지어 노래를 부르며 춤까지 추었다.

나는 프라이데이를 단순히 하인이나 부하로 대하지 않고 아들처럼 여겼다. 그에게 말을 가르치는 일이 내게는 유일한 즐거움이었다.

가르치는 나보다 배우는 그가 더 열심이었다. 머리가 좋은 편인 그는 눈부신 발전을 보여 2, 3개월이 지나자 간단한 대화를 할 수 있을 정도가 되었다. 서로 말이 통하면서 프라이데이의 성격은 한결 온순해졌다. 문명 세계에 내놓아도 부끄럽지 않은 청년이 될 것 같았다.

바다 저쪽의 나라

프라이데이가 섬에 온 지도 1년이 지났다. 이제 프라이데이
는 말을 상당히 잘했다. 그래서 낮에 일을 마치고 집으로 돌아
오면 촛불을 켜 놓고 밤이 깊도록 이런저런 이야기를 주고받
을 수 있었다.

"고향에 가고 싶어요."

"왜? 나와 함께 있는 게 지겹냐?"

"아뇨. 친구들을 만날 수 없어서 심심해요."

"네 고향 사람들이 나를 잡아먹지는 않겠지?"

"물론이지요. 주인님은 제 은인이신데……. 저는 주인님을
신처럼 모실 겁니다."

"그래?"

"제 아버지는 추장 다음 가는 사람입니다. 그러니 주인님을 추장께 안내해서 정중히 모실 거예요."

"그렇다면 내가 고향으로 돌아가는 것도 도와주실까?"

"고향이 어딘데요?"

"머나먼 바다 저편이지."

"통나무배로 갈 수 있어요?"

"어림도 없어. 그러나 백인의 배가 오면 그것을 타고 갈 수는 있지."

"백인? 저 백인 봤어요. 제가 살던 섬에 작은 배를 타고 왔었어요."

"뭐? 어디서, 언제?"

나는 프라이데이에게 바싹 다가앉았다.

"4년 전 일이에요. 열일곱 명이었는데, 지금도 틀림없이 살아 있을 거예요."

참으로 놀라운 이야기였다. 프라이데이의 고향에 가면 백인을 만나게 될지 모른다는 생각에 가슴이 마구 뛰기 시작했다.

"너희 고향 근처에 백인이 사는 나라가 있니?"

"있다고 들었어요. 달이 지는 쪽에 있대요. 하지만 저는 가

본 적이 없어요."

달이 지는 쪽이라면 자기 나라 서쪽을 말하는 것이었다. 분명 에스파냐를 가리키는 것 같았다.

"그 백인의 나라까지 작은 배로 갈 수는 없을까?"

"문제 없어요. 바다가 사나울 때도 배 두 개만 있으면 돼요."

"두 개?"

알고 보니 그것은 보통 통나무배보다 두 배 정도 큰 배라면 갈 수 있다는 뜻이었다.

"그럼 우리가 통나무배를 만들면 되겠네."

그런데 프라이데이는 고개를 저었다.

"어떻게 통나무배를 둘이서 만들어요?"

"안 될 것 없어. 나 혼자서 만든 것도 있는데."

프라이데이는 믿지 못하겠다는 표정이었다.

나는 동쪽 해안에 숨겨 둔 통나무배를 프라이데이에게 보여 주려고 그곳으로 갔다.

"이걸 혼자서……?"

프라이데이는 감탄한 듯 눈을 크게 떴다.

그는 곧 배에 오르더니 익숙한 솜씨로 배를 움직였는데, 그 속력이 내가 조종할 때보다 두 배나 빨랐다.

그러나 프라이데이는 그 배도 너무 작아서 안 된다며 고개를 저었다.

다음 날, 나는 전에 만들었던 큰 통나무배가 있는 곳으로 그를 데리고 갔다. 그 배는 만든 지 오래 되어서 여기저기 썩어 가고 있었다.

"이 정도로 크면 돼요."

"좋아, 그럼 새로 하나 만들자. 그 배로 너도 고향에 보내 주마."

내 목소리는 희망에 들떠 있었고, 프라이데이의 얼굴에도 희망의 빛이 떠올랐다.

섬에는 큰 나무들이 많았다. 그러나 전에 실패한 적이 있으므로, 이번에는 손쉽게 물에 띄울 수 있도록 바다와 가까운 곳에 있는 나무를 찾기로 했다.

며칠을 돌아다닌 끝에 프라이데이가 적당한 나무를 찾았다. 그날부터 우리는 힘차게 도끼질을 했다. 며칠 후, 나무가 쓰러졌다. 이제 적당한 길이로 잘라 다듬기만 하면 되는 것이었다.

그러던 어느 날 아침이었다. 우리는 과일을 따러 나섰다가 서쪽 해안에 식인종이 나타나지 않았는지 살펴보려고 산꼭대기로 올라갔다.

그날 하늘은 구름 한 점 없이 맑았다.

"아, 저기, 저기!"

바다를 바라보던 프라이데이가 소리를 질렀다.

"저기……. 저기가 바로 내가 살던 나라 같아요!"

"뭐? 저기가……?"

나는 망원경을 들고 그쪽을 바라보았다.

"아아, 내 나라, 우리 아버지의 나라다!"

프라이데이의 목소리가 젖어들었다.

그리운 고향, 아버지의 나라, 얼마나 사무치는 심정인지 알 수 있었다. 그는 어머니가 일찍 세상을 떠나고 아버지와 단둘이서 살았다고 했다.

그날 밤부터 프라이데이는 좀처럼 잠을 이루지 못했다.

다음 날, 그다음 날도 일이 손에 잡히지 않는지 그는 억지로 끌질을 했다. 그렇게 쾌활하던 그가 하루가 다르게 우울해져서 식욕마저 잃어 가고 있었다.

그러나 문제는 통나무배를 완성하려면 시간이 얼마나 더 걸릴지 모른다는 것이었다.

'저대로 두었다간 병이 나겠는걸. 통나무배를 다 만들려면 몇 달이 걸릴지도 모르는데, 마냥 붙잡아 둘 수도 없고…….

차라리 전에 만든 작은 통나무배에 태워 혼자라도 고향으로 돌려보내야겠다.'

나는 프라이데이를 위해 나의 희망을 포기하기로 했다.

"프라이데이!"

통나무배의 속을 파내고 있던 그가 고개를 들었다.

"너 하루라도 빨리 고향으로 돌아가고 싶지?"

"그럼요, 하루라도 빨리……."

그는 침을 꿀꺽 삼켰다.

"그래, 돌아가라. 내가 만든 저 통나무배를 타고……."

"네에? 저 배에 둘이 탈 수는 없을 텐데……. 그럼 저 혼자 가라는 말씀이에요?"

그는 펄쩍 뛰었다.

"그래, 네가 먼저 고향에 돌아가서 나를 데리러 오면 되지 않겠니?"

"주인님!"

프라이데이는 이렇게 부르고는 가만히 나를 바라보았다. 그의 눈에 눈물이 가득 고였다.

"혼자서는 돌아가지 않겠습니다."

"하지만 저 통나무배로 둘이 함께 갈 수는 없어."

"주인님!"

프라이데이는 입술을 꾹 깨물고 나를 바라보았다. 그러고는 무슨 결심을 했는지 옆에 놓여 있던 큰 도끼를 집어 들고 내 앞으로 다가왔다.

"주인님, 이것으로 제 목을 쳐 주십시오."

"뭐, 뭐라고?"

"저는 주인님 덕분에 목숨을 건졌습니다. 그런데 이제 와서 주인님만 남겨 놓고 혼자서 돌아갈 생각을 하다니……. 차라리 죽여 주세요."

뜨거운 눈물이 그의 두 뺨을 타고 흘러내렸다.

순박하고 아름다운 그 마음씨가 내 가슴을 울렸다.

"프라이데이!"

내가 손을 잡아 주자 그는 어린아이처럼 엉엉 울었다.

"주인님, 죽어도 주인님과 함께 있겠습니다. 이제 두 번 다시 고향에 가고 싶다는 말은 하지 않겠어요."

"그래, 네 맘 잘 알겠다. 그럼 빨리 배를 만들어 우리 함께 고향으로 돌아가자."

나는 그를 꼬옥 안아 주었다.

모래 위의 혈투

그날부터 프라이데이는 기운을 되찾아 일에 전념했다. 통나무배는 한 달 만에 완성되었다. 그러나 바닥에 통나무를 늘어놓고, 그 위에 배를 굴려서 물에 띄우기까지는 보름이나 더 걸렸다.

"자, 이만하면 스무 명은 족히 탈 수 있겠다."

통나무배 치고는 어지간히 큰 편이었다. 무게도 이만저만 무거운 것이 아니었는데, 프라이데이는 그것을 단 두 개의 노로 익숙하게 조종했다.

"프라이데이, 이제 고향에 돌아갈 날도 얼마 남지 않았구나!"

프라이데이의 뺨이 그날 따라 유난히 빛났다.

나는 28년 동안 피나는 노력 끝에 만든 살림살이들도 모두 가져가고 싶었다. 목장에서 뛰노는 산양들과 헤어지는 일이 몹시 애석했지만, 어쩔 도리가 없었다.

"양들은 목장에서 해방되면 다시 풀밭과 밀림에서 자유를 즐기게 될 테니, 폴과 개만 데리고 가자."

나는 살림살이 외에 항해하는 동안 먹을 식량과 물도 충분히 실었다.

"프라이데이, 개펄에 가서 거북이나 잡아 오너라."

나는 집에서 나머지 물건들을 정리하며 말했다.

프라이데이는 경쾌하게 대답하고 바다로 나갔다.

한 시간쯤 지났을까? 프라이데이가 비명을 지르며 울타리의 사다리를 구르듯 뛰어내렸다.

"주, 주인님……. 와, 왔어요. 왔어!"

그는 온몸을 벌벌 떨며 소리쳤다.

"오다니? 뭐가 와?"

"배, 통나무배가……. 세 척이나……."

나는 프라이데이가 서두르는 모습을 보고 심상치 않다는 것을 알아챘다.

"식인종이냐?"

프라이데이는 대답 대신 고개만 끄덕였다. 그는 적국의 식인종이 자기를 잡으러 온 줄로만 알고 온몸을 사시나무처럼 떨었다.

"이번에 붙들리면 잔인하게 죽음을 당할 것입니다."

"걱정 마라. 우리에게는 총이 있다. 이것만 있으면 우리 둘이 얼마든지 놈들을 해치울 수 있어."

"네, 저도 목숨을 걸고 싸우겠어요."

나는 화약과 납으로 된 탄환을 잰 소총 세 자루와 권총 한 자루를 프라이데이에게 주었다. 그리고 나도 소총 두 자루와 엽총과 권총을 각각 한 자루씩 들고 뒷산으로 올라가 해안 쪽의 동태를 살펴보았다.

바닷가에는 통나무배 세 척이 세워져 있고, 그 근처 모래사장에는 스무 명쯤 되어 보이는 식인종들이 저마다 창을 들고 빙 둘러서 있었다.

"프라이데이, 저놈들이 너를 잡으러 온 것인지, 다른 일로 온 것인지는 아직 알 수 없다. 너를 잡으러 온 것이 아니라면 굳이 싸움을 할 필요는 없겠지. 잘 살펴보렴."

프라이데이는 고개를 끄덕이고는 나무 위로 올라가 망원경

으로 살펴보았다.

"주인님, 큰일 났습니다!"

"왜? 무슨 일인데 그래?"

"녀석들이 또 포로를 잡아먹으려고 해요."

"음……. 그럼 너를 잡으러 온 것은 아닌가 보구나."

"그런데 그 포로가 백인이에요."

"뭐라고?"

나는 너무 놀라 심장이 멈추는 것 같았다. 식인종들이 나의 동포인 백인까지 잡아먹으려 한다는 사실에 분노가 일었다.

나는 프라이데이에게 망원경을 건네받았다. 꽁꽁 묶여 있는 사람은 분명히 백인이었고, 식인종들은 이미 다른 포로를 잡아먹고 있는 것 같았다.

"저런 짐승 같은 놈들……!"

나는 무슨 수를 써서라도 그를 구출해 주어야겠다고 마음먹었다.

"가자, 아무래도 저 포로를 구해 내려면 한바탕 싸워야겠다."

프라이데이와 나는 산에서 내려와 덤불을 헤치고 총을 쏠 수 있는 거리에 있는 나무 뒤로 몸을 숨겼다.

식인종들은 벌써 처음 포로를 다 먹어치우고는 술을 들이켜고 있었다.

그러다가 두 명이 일어나 백인에게 다가갔다. 그러고는 그를 묶었던 줄을 풀기 시작했다.

"프라이데이, 내가 쏘라고 하면 방아쇠를 당겨라."

프라이데이는 긴장된 표정으로 고개를 끄덕이면서 식인종들을 향해 총을 겨누었다.

"쏴라!"

"탕, 탕!"

총구에서 일제히 불이 뿜었다.

식인종들은 휘청거리면서 고꾸라졌다. 세 명은 그 자리에서 죽었고, 세 명은 중상을 입은 것 같았다.

나머지 식인종들도 벌집을 쑤셔 놓은 것처럼 이리 뛰고 저리 뛰었다.

통나무배로 도망쳐 가는 놈도 있었고, 모래 위에 엎드려서 머리만 모래에 파묻고 버둥거리는 놈도 있었다.

연달아 총을 쏘자, 또 세 명이 쓰러졌다.

"돌격!"

나는 빈 소총을 팽개치고 남은 총 한 자루를 들고 재빨리 앞으로 내달았다. 프라이데이가 소리를 지르며 뒤를 따랐다. 겁을 먹은 식인종들은 대항할 의사를 버리고 사방팔방으로 흩어졌다. 그중 다섯은 통나무배에 올라타고 허둥지둥 도망치려 했다.

"돌려보내면 안 된다. 쏴라!"

프라이데이는 알았다는 듯이 모래 위에 엎드려서 총을 쏘았다. 통나무배에 타고 있던 다섯 명이 한꺼번에 바닥에 쓰러졌다.

그 사이에 나는 백인 포로 곁으로 뛰어갔다. 그리고 칼을 뽑아 백인을 묶은 줄을 끊었다.

그는 지쳐서 거의 실신 상태였다. 그를 부축해서 일으킨 다음 가지고 간 럼주를 입에 부어 넣었더니, 정신이 조금 드는 모양이었다.

그는 내가 내미는 빵 조각을 한입에 삼켜 버렸다.

"어느 나라 사람입니까?"

나는 포르투갈어로 물었다.

"에스파냐."

그는 내 모습을 이상하다는 듯이 쳐다보았다.

"당신을 구해 주러 온 거요. 그러나 아직 적이 많아서 마음을 놓기는 일러요. 힘이 있으면 우리와 함께 싸워 주시오."

내가 서투른 에스파냐어로 말하며 권총과 칼을 건네자, 그는

벌떡 일어섰다.

그때, 살아서 도망쳤던 식인종들이 손에 칼을 들고 이리 떼처럼 사납게 덤벼들기 시작했다.

그런데 백인 포로가 번개처럼 그들에게 달려갔다. 그러고는 순식간에 두 명을 찔렀다. 가슴이 후련하도록 멋진 솜씨였다.

나는 세 명을 사살했고, 프라이데이는 도망간 두 명을 뒤쫓아가 그중 한 명을 쏘았다. 끝까지 살아남은 세 명이 통나무배를 타고 허겁지겁 달아나고 있었다.

나와 프라이데이가 통나무배를 겨냥해서 총을 쏘았지만, 빗나가고 말았다.

"주인님, 통나무배를 쫓아가요!"

프라이데이가 총을 버리고 소리쳤다.

"그래!"

비록 세 명에 지나지 않았지만, 살려 보내면 동료들을 이끌고 복수하러 올 것이 틀림없었다.

나는 프라이데이에게 소총을 가져오게 하고 남아 있는 통나무배에 뛰어올랐다.

그런데 배 밑바닥에 늙은 흑인 한 사람이 손발이 꽁꽁 묶인 채 실신한 상태로 쓰러져 있었다.

"정신 차리시오!"

재빨리 줄을 끊고 손을 잡아 일으키려 했지만, 그 흑인 노인은 괴로운지 숨을 헉헉 몰아쉬었다.

나는 뒤따라 달려온 프라이데이를 보면서 말했다.

"이 노인에게 도와 줄 테니 걱정 말라고 전해라."

그러고는 노인의 입 안에 럼주를 흘려 넣었다.

노인이 눈을 부스스 뜨더니, 놀라움과 무서움에 질린 얼굴로 우리들을 쳐다보았다.

그때였다. 프라이데이가 노인의 목을 와락 껴안고 엉엉 울기 시작했다. 노인도 정신 없이 울부짖으며 프라이데이를 부둥켜안았다.

"프라이데이, 어떻게 된 일이냐?"

"주인님, 이분이, 이분이 바로 제 아버지예요."

프라이데이가 눈물로 범벅이 된 얼굴을 쳐들었다.

"오오, 프라이데이! 조금만 늦었더라면 큰일 날 뻔했구나."

"다 주인님 덕분이에요. 주인님은 저와 아버지, 두 사람을 살려 주셨어요."

프라이데이는 기쁨의 눈물을 흘리면서 연신 머리를 조아렸다.

그 사이에 통나무배는 멀리 달아나 버렸다.

집으로 돌아온 나는 정성스럽게 저녁 식사를 준비했다. 프라이데이의 아버지와 에스파냐 포로는 계속 감사를 표했고, 28년 동안이나 이 섬에서 생활했다는 내 이야기에 경탄을 금치 못했다.

프라이데이 아버지의 말에 따르면, 그의 나라가 적의 습격을 받아 어려움을 겪고 있을 때 에스파냐인들이 그들에게 구출된 은혜를 갚기 위해 같이 싸웠다고 한다. 그러나 그 보람도 없이 크게 패해 에스파냐인과 프라이데이의 아버지, 그리고 다른 몇 사람이 적들에게 붙잡혔다는 것이다.

"이젠 안심하셔도 될 겁니다. 저희들이 끝까지 두 분을 지켜 드릴 테니까요."

내 말에 두 사람은 고맙다며 다시 머리를 숙였다.

프라이데이는 밤이 깊도록 아버지와 이야기를 나누었고, 나와 에스파냐인 역시 담배를 피우며, 또 물을 탄 럼주를 마시며 이야기를 주고받았다.

수상한 배

나는 새로운 희망에 부풀어 프라이데이와 함께 그의 고향으로 가겠다고 결심했다.

그러나 에스파냐인과 이야기를 나누면서 내 결심은 흔들리기 시작했다. 에스파냐인의 말에 따르면, 그들 일행은 17명이었고, 프라이데이의 고향에서 여러 사람들이 친절하게 대해 주긴 했지만 어려운 점도 많았다는 것이었다.

"하루빨리 고향으로 돌아가고 싶었지요. 하지만 보트가 부서져서……. 하긴 보트가 멀쩡했다 해도 그것으로는 넓은 바다에 나갈 수가 없었을 테지요. 범선을 만들 만한 연장과 큰 나무를 구할 수가 없었거든요."

"육지로 가면 되지 않습니까?"

"가는 곳마다 사나운 식인종들뿐인걸요."

"우리가 만든 통나무배는 어떻겠습니까?"

나는 그에게 프라이데이와 만든 통나무배를 보여 주었다.

그러자 에스파냐인은 고개를 저었다.

"거리가 아무리 가까워도 험한 바다를 건너야 합니다. 그 바다 가운데 무서운 풍랑이 있기 때문에 이것보다 더 큰 범선이 있어야 해요."

그의 말을 들을수록 실망만 커져 갔다.

"그럼 프라이데이의 고향에 있는 당신 친구들을 이 섬으로 부른다면……."

"그래서 어떻게 하실 겁니까?"

"이 섬에는 범선을 만들기에 적당한 나무들이 많습니다. 도끼와 톱 따위의 큰 연장도 어느 정도 있으니, 손이 맞으면 작은 범선 정도는 거뜬하게 만들 수 있을 것입니다."

에스파냐인은 고개를 갸웃거렸다. 그러나 내가 프라이데이와 둘이서 통나무배를 두 척이나 만들었다고 하자, 비로소 고개를 끄덕였다.

"알았습니다. 돌아가서 동료들을 데리고 오겠습니다."

프라이데이의 아버지도 말했다.

"저도 부하들을 몇 명 보내 드리겠습니다."

에스파냐인과 프라이데이의 아버지는 충분히 쉬면서 건강을 회복한 뒤, 11월쯤에 출발했다.

그들이 떠나고, 우리는 새로운 집을 만들 준비를 하느라 바빴다. 백인이 17명이나 온다면 지금 살고 있는 집은 턱없이 비좁을 것이었다.

프라이데이도 신이 나는지 열심히 일했다.

그들이 떠난 지 8일째 되는 날이었다. 양젖을 짜러 갔던 프라이데이가 요란하게 소리를 지르며 달려왔다.

"주인님, 배, 배가……."

"뭐라고? 벌써 배가 돌아왔단 말이냐?"

우리는 급히 뒷산으로 올라가 망원경으로 살펴보았다. 정말로 바다 위에 큰 범선 한 척이 떠 있었다.

"오오!"

망원경에 눈을 댄 나는 가슴이 두근거리는 것을 느꼈다. 그 범선은 나의 조국 영국의 배였다.

난파선 같지도 않고, 폭풍우에 떠밀려온 것 같지도 않았다. 선원들이 당당하게 닻을 내리고 있었다.

"프라이데이, 어서 불을 피워라. 연기로 신호를 보내야겠다!"

그리고 나는 큰 바위 끝으로 달려가 두 손을 높이 쳐들고 크게 외치려고 했다. 그러나 우리가 서 있는 산 아래쪽의 광경을 보고, 순간 나는 멈칫했다. 바위 밑 모래사장에 보트 한 척이 닿아, 선원들이 막 상륙하려는 참이었다.

그런데 그들 무리 가운데 세 사람이 꽁꽁 묶여 있었다. 그 중 한 사람은 모래사장에 무릎을 꿇고 애원하고 있었다.

'수상하다! 어쩌면 해적일지도…….'

나는 반사적으로 바위 위에 엎드렸다. 프라이데이도 내 옆에 나란히 엎드렸다.

"주인님, 백인들도 포로를 먹습니까?"

"그런 일은 절대 없다."

그때였다. 선원 하나가 번쩍거리는 칼을 들고 묶인 사람들을 위협하고 있었다. 그런데 자세히 살펴보니, 묶여 있는 세 사람은 고급 선원들이 입는 금테로 장식한 비로드 제복을 입고 있었다.

'아무래도 폭동을 일으켜 선장을 납치해 온 모양이야.'

내가 이런 생각을 하고 있을 때였다. 선원 한 무리가 묶여 있는 세 사람과 보트를 다른 두 선원에게 맡긴 다음, 섬 탐험을 하려는지 해안을 따라 걷기 시작했다.

그들의 모습은 곧 바위 그늘로 사라졌다. 보트를 지키던 두 명도 술에 취해 배 밑창에서 곯아떨어졌고, 포로들은 머리를 푹 숙이고 꼼짝도 하지 않았다.

배 위의 반란

나와 프라이데이는 황급히 바위 집으로 돌아와 무장을 하고 포로들이 있는 모래사장 쪽으로 다가갔다. 그들은 우리가 숨어 있는 것을 전혀 알아채지 못했다.

"이봐요!"

나는 나직하게 그들을 불렀다.

세 사람은 우리를 보고 깜짝 놀라 몸을 움찔했다.

"당신들을 해치려는 게 아닙니다."

내가 영국 말로 이야기하자, 그들은 눈을 동그랗게 떴다.

"놀라지 마세요. 나도 당신들처럼 영국 사람입니다."

"네?"

"당신들이 위험에 처한 것 같아 구하려고 왔어요."

나는 얼른 세 사람을 풀어 주고, 숲속으로 데리고 갔다.

"어쩌다가 이런 꼴을 당했습니까?"

내가 묻자, 세 사람 중 나이가 가장 많아 보이는 사람이 대답했다.

"사실 저는 저 범선의 선장입니다. 이 사람들은 기관사와 고급 선원이고요. 그런데 교활한 부선장과 수부장이 선동을 해서 선원들이 반란을 일으켰지요. 그들은 우리 세 사람을 묶어 바다에 내던지려다가 우리가 목숨만 살려 달라고 애걸했더니, 이 섬에 남겨 두고 가기로 결정한 모양입니다. 이 무인도에 버려 두면 저절로 굶어 죽을 것이라고 생각했겠지요."

"천벌을 받아 마땅한 놈들이군요. 그런데 그들이 총을 가지고 있습니까?"

"두 자루를 가지고 있었는데, 그중 한 자루는 보트에 놓고 간 모양입니다."

"그러면 우리가 유리합니다. 놈들을 죽이기보다는 사로잡아 뉘우치게 하는 게 더 좋겠군요."

"물론이지요. 그들 가운데는 위협에 못 이겨 반역에 가담한 친구들도 있을 겁니다. 하지만 부선장과 수부장은 절대로 용서해 주어서는 안 됩니다."

"부선장과 수부장은 어디 있습니까?"

"범선에 남아 있을 것입니다."

"좋아요. 그런데 당신들을 구해 드리는 대신 청이 있습니다."

"뭡니까?"

"하나는 이 섬에 있는 동안에는 내 지시를 따라야 한다는 것
이고, 다른 하나는 우리가 놈들에게서 배를 되찾아 드리면 나
와 프라이데이를 영국까지 태워 달라는 것입니다."

"그거야 당연히 그렇게 해야지요."

"그럼, 먼저 보트를 빼앗도록 합시다."

보트를 빼앗는 일은 생각보다 쉬웠다. 선원들이 술에 취해
세상 모르고 자고 있었던 것이다. 나와 프라이데이는 그들을
꽁꽁 묶은 다음 숲속으로 데리고 가서 나무에 묶어 놓았다.

그렇게 해서 보트는 우리 수중에 들어왔다.

작전

숲속으로 들어간 선원들을 찾아 나섰을 때였다. 잠에서 깨어난 선원 두 명이 숲 쪽에서 나타났다. 그들은 우리 일행을 보더니, 뜻밖의 광경에 크게 놀라 걸음을 멈추고 소리를 질렀다.

"이 나쁜 놈들!"

기관장이 소리치면서 방아쇠를 당겼다. 선원 한 명이 가슴을 움켜쥐며 쓰러졌다. 그것을 보고 다른 선원은 재빨리 도망쳤지만, 선장이 뒤쫓아가 개머리판으로 내리쳤다. 그는 머리를 감싸안으면서 바닥에 뒹굴었다.

"이 두 놈은 악질입니다."

선장이 입술을 깨물며 말했다. 다시 나머지 선원들이 있는 숲으로 들어갔다. 숲속에서 술에 취해 잠들어 있던 선원들이 총소리와 비명 소리에 놀라 허둥지둥 일어났다.

"항복하라! 덤비면 모두 죽이겠다!"

선장이 날카롭게 외치며 총을 겨누었다.

바로 그때, 총소리와 함께 날아온 총알이 내 귓가를 스쳐 지나갔다. 놈들이 쏜 탄환이었다.

나는 얼떨결에 몸을 낮추었다. 그런데 내 등 뒤에 서 있던 프라이데이가 그 선원에게 달려들어 그를 때려눕혔다. 나머지 선원들은 가슴을 향해 겨누어진 우리의 총을 보고는 파랗게 질린 채 순순히 항복을 했다.

"좋다. 진심으로 죄를 뉘우치고 항복한다면, 목숨만은 살려 주겠다."

선장의 목소리는 엄숙했다.

"살려 주십시오. 살려 주십시오."

나머지 세 사람이 입을 모아 애원을 했다.

"이 셋은 마지못해 반란에 가담한 사람들입니다. 용서해 줘도 될 겁니다."

"좋습니다. 그러나 당분간은 묶어 놓읍시다."

우리는 먼저 사로잡은 두 선원까지 모두 다섯 명을 데리고

집으로 돌아왔다.

그리고 곧 작전을 세우기 시작했다.

"배에는 몇 사람이나 남아 있지요?"

"26명이 남아 있을 것입니다. 그중에는 하는 수 없이 반란에 가담한 사람도 있습니다."

"그렇다면 통나무배로 습격해서는 승산이 없겠습니다."

"내 생각으로는 섬에 갔던 동료들이 돌아오지 않는 것을 이상하게 여겨 알아보러 올 것 같습니다. 그때는 녀석들도 무장을 하고 나오겠지요. 배에는 소총과 칼이 많으니까요. 또 상대는 26명이나 됩니다. 모두 상륙하지 않는다고 해도 우리가 감당하기에는 벅찬 수입니다."

선장이 걱정스러운 표정을 지었다.

"걱정 마십시오. 결국은 정의가 이기게 되어 있습니다. 놈들은 이 섬의 지리를 잘 모르니, 우리가 놈들을 유인해서 밀림이나 계곡으로 이리저리 끌고 다니다가, 완전히 지쳤을 때 습격하면 충분히 이길 수 있을 겁니다."

"그 말을 들으니 자신감이 생깁니다."

우리는 먼저 상륙한 반역자들이 싸우다가 도망가지 못하도록 보트 밑바닥에 구멍을 내 두었다. 그리고 바위 위에 올라가 망원경으로 범선을 살폈다.

정오가 가까워지자 범선 쪽에서 대포 소리와 함께 흰 연기가 피어올랐다. 돌아오지 않는 동료들에게 쏘아 올린 신호탄이었다.

섬에서 아무런 대답이 없자, 그들은 보트를 한 척 바다에 띄웠다. 그 보트에 선원 여남은 명이 옮겨 타고 섬 쪽으로 노를 젓기 시작했다.

나는 선장에게 망원경을 건넸다.

"보트를 지휘하고 있는 자가 악랄한 수부장입니다. 다른 네 사람은 위협에 못 이겨 반란에 가담한 사람들이고……."

보트가 해안 언덕에 닿았다. 그들은 먼저 보트부터 살폈다. 보트에 구멍이 뚫려 있고, 노, 돛대, 키 같은 게 없어진 것을 보고 놀라는 눈치였다. 그들은 큰 소리로 먼저 왔던 동료들의 이름을 불렀다. 아무런 대답이 없자 총구를 하늘로 치켜들고 공포를 쏘았다.

잠시 뭐라고 의논을 하던 그들은 세 명에게 보트를 지키게 하고, 나머지 일곱 명은 사라진 동료들을 찾아 숲으로 들어갔다.

'어떻게 하면 좋을까?'

나는 곰곰이 생각해 보았다.

숲속으로 들어온 일곱 명을 사로잡는다고 해도 보트를 놓치

면 큰일이었다. 그리고 보트에 있는 세 명을 공격해서 없앤다
면, 그 총소리를 듣고 범선에서 공격을 해 올지도 모를 일이었
다. 가장 좋은 방법은 숲으로 들어온 사람들을 섬 깊숙이 유인
해 놓고, 범선에 남아 있던 사람들이 궁금해서 또다시 찾아 나
서게 하는 것이었다.

이런 생각을 하는 사이에 일곱 명은 집을 둘러싸고 있는 나
무 숲을 지나 뒷산 쪽으로 올라갔다.

우리는 나무에 몸을 숨겨 가며 조심조심 그들의 뒤를 따랐다.

그들은 다시 입을 모아 소리를 지르기 시작했다.

"어어이! 어어이!"

아무 대답이 없자, 그들은 수부장을 중심으로 둘러앉아 뭔가
의논을 하기 시작했다.

"이럴 때 공격하면 좋겠는데, 저들도 총을 갖고 있어서……."

"좋은 수가 생각났어요. 놈들이 사라진 동료들을 부르려고
총을 쏠 것입니다. 총을 쏘고 나서 다시 총알을 재는 틈을 타
서 일제히 공격을 하면 성공할 수 있을 것입니다."

"좋습니다. 그렇게 해 봅시다."

우리는 그들이 총을 쏘기만을 기다렸다. 그러나 아무리 기다
려도 총을 쏠 기색은 보이지 않았고, 오히려 그냥 보트가 있는

해안으로 돌아가려고 했다.

"안 되겠다. 빨리 무슨 수를 써야겠는데……. 옳지! 프라이데이, 네가 저 산으로 올라가서 소리를 질러 놈들을 불러라. 그래서 놈들이 산으로 들어서거든 다시 이쪽으로 와라!"

"네, 알겠습니다."

그리고 나는 선장과 의논을 했다. 집에 묶어 둔 다섯 명 중 위협에 못 이겨 그들을 따른 세 명을 우리 편으로 만들었으면 좋겠다는 의견을 주고받았다.

프라이데이가 산으로 달려가자 항복을 한 선원 세 사람도 그 뒤를 따랐다.

"어어이, 어어이!"

산으로 숨어든 프라이데이 일행은 그들을 유인하려고 소리를 질렀다.

갑자기 사람 목소리가 들리자 선원들이 걸음을 멈추었다.

"어어이, 어어이!"

프라이데이 일행이 다시 소리를 질렀다. 그랬더니 그들은 수부장을 선두로 소리가 나는 쪽을 향해 달리기 시작했다.

"어디냐?"

"여기다! 빨리 와라!"

그들은 소리를 따라가다 강물이 앞을 가로막자 걸음을 멈추었다. 그러더니 해안으로 가서 보트를 불러 동료들을 강 건너 쪽으로 태우고 가게 했다.

우리의 작전은 성공했다. 그들은 유인하는 소리에 이끌려 보트에 선원 두 명만 남겨 두고 모두 숲속으로 들어섰다.

나는 선장에게 눈짓을 하고 보트가 있는 강 언덕으로 다가갔다. 보트에 있던 두 선원이 무슨 이야기를 수군거리더니, 그중 한 사람이 언덕 위로 올라갔다. 그는 그늘진 풀밭에 털썩 주저앉아 이내 꾸벅꾸벅 졸기 시작했다.

선장은 재빠르게 달려들어 졸고 있던 선원의 머리를 개머리판으로 후려쳤다. 그리고 보트에 남아 있던 선원을 향해 총을 겨누었다.

"항복을 할 테냐, 죽을 테냐? 둘 중에 하나를 택해라!"

"하, 항복……. 항복…….."

넋이 빠진 선원은 마구 손을 비비며 애원했다. 그 선원은 믿을 수 있는 사람이었으므로, 죄를 용서해 주고 우리 편으로 만들었다.

그때, 프라이데이 일행이 돌아왔다.

"주인님, 녀석들을 실컷 놀리면서 밀림 속으로 끌고 다녔어요. 지금쯤 녀석들은 길을 잃고 허둥거리고 있을 거예요."

"수고했다."

우리는 보트 근처에 있는 숲에 몸을 숨기고 그들이 돌아오기를 기다렸다.

거의 세 시간쯤 지났을 무렵, 밀림 속으로 들어갔던 선원들이 투덜거리며 나타났다. 그들은 보트에 있던 동료들이 없어진 것을 알고 소스라치게 놀랐다.

"대체 어디로 간 걸까?"

한 선원이 떨리는 목소리로 말했다.

"먼저 들어온 녀석들은 목소리만 들리고……. 정말 이상한 섬이야."

"유령이 있는 게 아닐까?"

"맞아. 유령의 섬일지 몰라. 먼저 온 친구들도 유령한테 홀린 것이 틀림없어. 그 유령이 우리도 부른 거야."

그러나 수부장은 그렇게 생각하지 않았다.

"유령이니 귀신이니 하는 건 다 사람들이 만들어 낸 쓸데없는 소리다. 아마도 두 녀석은 이 근처 어딘가에 곯아떨어져 있을 거야. 내가 찾아보지."

수부장은 숲속을 헤치면서 우리들이 있는 쪽으로 다가왔다.

선원 둘이 마지못해 그 뒤를 따라오고 있었다.

"수부장입니다. 아까도 말씀드렸지만 저 녀석은 악질이기 때문에 살려 둘 수가 없습니다."

선장은 내 귀에 대고 속삭이더니 대뜸 총을 겨냥했고, 기관사도 방아쇠에 손가락을 걸었다.

"침착하게 기다리다가 충분히 다가오면 그때 쏘세요."

"탕! 탕!"

두 방의 총소리와 함께 수부장과 다른 선원 한 명이 그 자리에서 나가떨어졌다.

나머지 한 명은 비명을 지르며 도망쳤다.

보트에서는 소동이 일어났다. 겁을 잔뜩 먹고 웅크리고 있던 선원들이 총소리가 나자 완전히 넋을 잃은 것이었다.

나는 총을 쏘려고 하다가 아무래도 서로 싸우다 보면 우리 편에서도 희생자가 생길 것 같아 작전을 바꾸었다.

조금 전에 항복한 선원들을 시켜 남은 사람들에게 항복을 권유하기로 한 것이다.

"어이, 스미스!"

"누구냐, 내 이름을 부르는 자는?"

보트 안에서 대답이 들려왔다.

"나야, 나! 빨리 무기를 버리고 항복해. 그렇지 않으면 모두 죽어!"

"뭐라고? 도대체 누구한테 항복하란 말이야?"

"선장님에게."

"선장님?"

"그래, 수부장은 죽었어. 우리는 이렇게 포로가 되었고……. 너희들도 항복만 하면 목숨은 살려 주신댔어."

"정말?"

그때, 선장이 나섰다.

"스미스, 에스킨스, 내 목소리를 기억하느냐?"

"선장님……."

"확인했으면 빨리 이곳 총독 각하께 항복해! 총독 각하는 특공대 50명을 거느리고, 커다란 대포도 가지고 있어."

항복을 권하는 선원이 한술 더 떴다.

"총독 각하?"

"그래. 이 섬의 총독 각하. 옛날부터 이 섬을 다스리셨대. 너희들이 반란을 일으켰다는 얘기를 듣고 모두 쳐부술 것을 결심하셨대. 먼저 보트를 타고 온 사람들도 모두 포로가 되었어. 너희들이 항복하지 않으면 포탄을 퍼붓고 특공대들이 돌격해

들어갈 거야."

듣고 있던 나와 선장은 피식 웃었다.

잠시 후, 반역했던 선원 여섯 명이 머리에 손을 얹고 휘청거리는 걸음으로 다가왔다.

나는 프라이데이와 함께 근처의 나무 뒤로 숨었다. 그들에게 내 모습을 보여 주지 않아야겠다는 생각이 들었기 때문이다.

선장은 그들을 집 근처에 있는 나무에 묶어 놓았다.

"반란을 일으켜 배를 가로채려고 한 죄는 죽어 마땅하다. 그러나 너희들은 악의 없이 남의 꾀임에 빠졌던 것이니 진정으로 잘못을 뉘우친다면 총독 각하께 죄를 용서해 달라고 부탁해 볼 것이다."

선장의 말에 그들은 완전히 겁을 먹은 모양이었다.

그날 밤, 우리는 저녁 식사를 마치고 범선을 되찾기 위한 방법을 의논했다. 의논 끝에 믿을 만한 선원들을 데리고 범선으로 쳐들어가기로 했다. 그러려면 다시 한 번 선원들의 속마음을 확인할 필요가 있었다.

"너희들은 영국으로 돌아가면 틀림없이 사형감이다. 그러나 너희들이 진심으로 죄를 뉘우치고 배를 찾는 데 앞장선다면 이곳 총독 각하께서 너희들의 죄를 용서해 주고 영국으로 끌고 가지 않겠다고 약속했다. 자, 어떻게 하겠느냐?"

"선장님의 명령에 따르겠습니다."

"알았다. 그럼 총독 각하께 특별히 부탁을 해 보겠다."

그때, 기관사가 선장에게 다가가서 말했다.

"총독 각하께서 부르십니다."

"곧 가겠다고 여쭈어 주게."

선장은 공손하게 대답하고 내 앞으로 걸어왔다.

선장은 얼마 동안 나와 나지막하게 이야기를 주고받은 다음, 다시 포로들에게 돌아갔다.

"총독 각하께서 너희들 중 용서할 수 없는 세 사람은 이곳에서 멀리 떨어진 바위 감옥에 가두라고 하셨다. 그놈들은 본국에 돌아가 교수형에 처할 것이다. 그러나 다른 세 사람은 진심으로 죄를 뉘우치고 충성을 맹세하면 특별히 용서해 주신다고 했다!"

"맹세합니다, 맹세합니다!"

용서를 해 준다는 말에 포로들은 앞을 다투어 말했다.

나는 잠시 조용해지기를 기다렸다가 어둠 속에서 위엄 있는 목소리로 말했다.

"충성을 맹세하고 죽음으로써 사죄하려는 세 사람에게 신의 은혜와 총독의 용서가 있으리라! 내일 범선을 되찾는 싸움에서 있는 힘을 다해 용감히 싸우도록 하라!"

이렇게 해서 이 세 명과 보트를 지키다가 항복한 한 명, 처음 우리 편이 되었던 다섯 명이 범선 탈취에 가담하게 되었다.

최후의 싸움

다음 날, 선장은 바닥에 구멍이 뚫린 보트부터 수리했다. 그런 다음, 한 척에는 선장과 기관사와 선원 다섯 명이 타고, 다른 한 척에는 고급 선원과 선원 네 명이 탔다.

그날, 해질 무렵에 두 척의 보트는 어둠 속에 서 있는 범선을 향해 천천히 나아갔다.

나는 그들이 성공하기를 기원하며 멀어져 가는 보트의 뒷모습을 오래도록 지켜보았다.

지금부터 적는 내용은 기관사가 섬에 돌아와서 내게 들려준 이야기다.

범선에 도착한 선장은 한 선원에게 큰 소리로 배 안에 있는 선원들을 부르게 했다.

"어이, 우리가 돌아왔어!"

갑판에 구둣발 소리가 나더니 선원 두 명이 램프를 들고 나타났다.

"어떻게 된 거야? 녀석들을 모두 찾았어?"

"찾았어. 술에 취해 숲속에서 곯아떨어져 있더군. 찾느라고 한참 고생했어."

"선장과 기관사, 선원 녀석은 어떻게 됐어?"

"처치해 버렸지."

"그거 잘했군. 그럼 내가 드디어 진짜 선장이 된단 말이지?"

부선장이 들뜬 목소리로 말했다.

'괘씸한 놈! 어디 두고 보자.'

보트에서 이야기를 듣고 있던 선장은 부선장을 향해 이를 바드득 갈았다.

"나머지 이야긴 올라가서 할 테니 빨리 줄사다리부터 내려보내라고."

그 선원이 다시 소리쳤다.

"알았어."

줄사다리가 내려오자마자 선장과 기관사가 먼저 재빠르게 배로 올라갔다.

부선장이 놀라서 뭐라고 외치려 했지만, 기관사가 총의 개머리판으로 그를 내리쳤다.

도망치려던 다른 선원도 선장의 일격으로 갑판 위에 뻗어 버렸다.

그 소리를 듣고 선실에서 선원들이 달려나왔다. 그와 동시에, 줄사다리를 타고 올라온 선원들이 일제히 총을 쏘기 시작했다.

"항복하면 목숨만은 건질 수 있다."

반란을 일으켰던 선원들은 꼼짝없이 항복을 하고 말았다.

반란 선원들을 묶은 선장은 기관사와 선원 세 명을 데리고 선장실로 뛰어들어갔다.

선장실에 있던 다른 선원들은 사태를 짐작하고, 곧 항복을 했다. 선장을 비롯한 사람들은 승리를 기뻐하며 함성을 질렀다.

섬이여, 안녕!

나는 바위 위에 서서 초조하게 결과를 기다리고 있었다.

얼마 후, 칠흑 같은 바다 위로 대포 소리가 일곱 번 울려 퍼졌다. 약속한 대로 선장이 승리의 신호를 보낸 것이었다.

"아아, 이겼구나!"

기쁨과 동시에 긴장이 풀렸다.

나는 집으로 돌아와 그대로 쓰러져 잠이 들었다. 얼마나 잤을까? 몸을 흔드는 기척에 눈을 떠 보니 선장이 내 앞에 서 있었다.

"아, 선장님. 언제 돌아오셨습니까?"

"지금 막 왔습니다. 로빈슨 씨, 당신 덕택에 범선을 되찾았

습니다."

선장이 섬 근처까지 몰고 온 배를 가리켰다. 아침 햇살을 받아 배의 돛이 하얗게 빛나고 있었다.

"당신은 내 생명의 은인입니다. 이 은혜를 어떻게 갚아야 좋을지 모르겠군요."

선장은 선원들을 시켜 배에서 나무 상자를 가져오게 했다. 나무 상자 속에는 양복과 금테를 두른 모자를 비롯해 신발, 속옷, 장갑, 넥타이, 황금으로 만든 칼이며 권총 따위가 잔뜩 들어 있었다.

"이 옷으로 갈아입으시지요."

"고맙습니다."

나는 산양 가죽으로 만든 옷을 벗고, 선장이 준 옷으로 바꾸어 입었다. 머리카락도 보기 좋게 깎았다. 그리고 턱수염을 없애고, 코밑 수염도 다듬었다. 그렇게 치장을 하고 나니 진짜 섬의 총독처럼 근사해 보였다.

"범선을 되찾았으니, 어서 영국으로 돌아갔으면 합니다. 당신을 고향에 모셔다 드리고 싶은데, 어떠십니까?"

선장이 자세를 가다듬고 정중하게 물었다.

"당연히 가야지요. 정말 고맙습니다."

벅찬 감동 때문에 내 목소리가 가늘게 떨리고 있었다.

'아아, 이제 이 섬을 떠나 그리운 고향으로 돌아가는구나. 28년 동안 꿈에도 잊지 못하던 고향으로!'

그리운 부모님의 얼굴이 눈앞에 어른거렸다.

"배도 찾았고, 모든 것이 다 잘되었으니 저 사람들을 용서하는 것이 어떻겠습니까?"

내 말에 선장은 고개를 가로저었다.

"안 됩니다. 저놈들은 말로만 후회한다고 하는 것입니다. 한시도 마음을 놓을 수 없는 위험한 녀석들입니다. 손발을 묶어 배 밑에 가두었다가, 본국으로 돌아가 교수형에 처할 것입니다."

선장은 분노가 좀처럼 풀리지 않는 모양이었다.

"정 그렇다면 저자들을 이 섬에 남겨 놓으면 어떻겠습니까? 꼭 사형을 시켜야 당신의 원한이 풀리겠습니까?"

선장은 그동안 겪은 수모를 떠올리며 분을 삭이지 못했지만, 마지못해 내 말에 따르기로 했다.

나 역시 그들의 죄는 미웠다. 그러나 이 섬에서 고생하면서 살아가는 동안 틀림없이 죄를 뉘우칠 것이고, 또 이 섬을 훌륭하게 개척해 나갈 것이라는 생각이 들어 목숨만은 살려 주고 싶었던 것이다.

그런 내 생각은 어긋나지 않았다. 훗날 내가 다시 섬에 찾아 갔을 때, 그들은 옛날의 잘못을 뉘우치고 서로 힘을 모아 밭이 며 목장을 만들어 가꾸면서 평화롭게 살고 있었다.

나는 그들을 불러서 말했다.

"너희는 본국으로 돌아가면 어차피 사형을 당한다. 이곳에 남아 잘못을 깨닫고 열심히 살겠다면 그렇게 해 주겠다."

그들은 눈물을 흘리면서 그렇게 하겠다고 했다.

나는 그들에게 이 섬에 도착해서 내가 어떻게 살았는지를 자 세하게 일러 주고, 소총 다섯 자루와 권총 두 자루, 화약, 탄 환, 칼과 도끼, 연장은 물론, 내가 갖은 고생을 하며 만든 단지 와 광주리까지 모두 주었다.

그러나 산양 가죽 우산만은 오랫동안 간직하고 싶어서 내 소 지품 속에 챙겨 넣었다.

그리고 선원들과 함께 황금 동굴에 가서 수정과 황금, 다이 아몬드를 캐내어 배에 실었다. 그것은 본국에 돌아왔을 때 나 에게 큰 재산이 되었다.

나는 개와 앵무새 폴까지 데리고 배에 올랐다. 드디어 섬을 떠나는 날이 되었다. 바다는 황금빛으로 반짝였으며, 푸른 하 늘에는 흰 구름이 한가롭게 떠다니고 있었다.

달력을 보니 1686년 12월 19일이었다. 내가 이 섬에 흘러온 지 스물여덟 해 하고도 두 달 열아홉째 되는 날이었다.

"아, 섬이여! 안녕!"

배는 북서 방향으로 힘차게 달리기 시작했다. 내가 살았던 초록색의 섬이 차츰 눈에서 멀어져 갔다.

백사장, 바위, 밀림, 동굴…… . 모두 내 발자국과 숨결이 묻어 있는 곳이었다. 가슴 밑바닥에서 뜨거운 것이 치밀었다. 그것을 꾹 삼키려고 하는 순간, 눈시울이 뜨거워졌다.

'아아, 용케도 살아남았다. 드디어 생전에 다시 못 볼 줄 알았던 부모님의 나라로 돌아가는구나.'

배는 순풍에 힘입어, 그날 해질 무렵 무사히 프라이데이의 나라에 닿았다.

"프라이데이, 드디어 네 나라에 도착했다."

프라이데이는 얼굴이 상기된 채 보트로 뛰어내렸다. 나와 무장한 선원 몇 명도 뒤따라 내렸다.

식인종들이 무기를 들고 해안으로 몰려 나왔다가, 프라이데이가 뛰어오는 것을 보고, 모두 무기를 버리고 보트로 달려왔다.

프라이데이는 군중 속에서 아버지를 알아보고 달려가 힘껏 끌어안았다.

"다시 만나 반갑습니다. 무사하셨군요."

"반갑소!"

나도 프라이데이의 아버지를 와락 껴안았다. 프라이데이 아
버지의 얼굴에는 병색이 뚜렷했다.

포로가 되었을 때 너무 큰 충격을 받고 시달렸기 때문에 돌아온 이튿날부터 며칠 동안 계속 앓았다는 것이었다.

추장과 에스파냐인 17명도 나무 그늘 쪽에서 나타났다. 그중 지난번에 프라이데이 아버지와 함께 구출되었던 에스파냐인이 반갑게 소리치며 내게 달려왔다.

나는 그에게 그동안 있었던 일들을 들려주었다. 그리고는 그들 17명을 본국으로 데려다 주려고 들렀다고 하자, 기뻐서 어쩔 줄 몰라 했다.

"역시 당신이 해냈군요. 우리도 하루빨리 그 섬으로 건너가려고 했는데, 프라이데이의 아버지가 몸져눕는 바람에 잠시 미루고 있었습니다."

에스파냐인이 말했다.

추장도 매우 기뻐하며, 부하들을 시켜 여러 가지 과일과 돼지고기 따위를 산더미처럼 가져와 축제를 열어 주었다.

다음 날, 프라이데이는 나와 헤어지는 것이 서운한지 자꾸 눈물을 흘렸다. 그 모습을 보고 프라이데이의 아버지가 아들에게 무어라고 속삭였다. 프라이데이의 아버지는 아들에게 생명의 은인인 나를 따라가라고 했던 것이다.

나는 그 아버지의 태도에 감동했다. 그리고 머지않아 다시 섬에 오게 될 테니까 그동안만 프라이데이를 데리고 있겠다고 약속했다.

프라이데이는 아버지와의 이별을 슬퍼하면서도, 한 번도 본 적 없는 문명국으로 가게 되는 기쁨에 잠시도 내 곁을 떠나려 하지 않았다.

우리를 실은 범선은 대서양의 파도를 헤치고 동으로 동으로 계속 달렸다.

1687년 6월 11일, 35년 만에 영국 땅을 다시 밟았다. 나는 곧장 고향으로 달려갔다. 그러나 부모님은 이미 이 세상 사람이 아니었다. 나는 부모님의 무덤 앞에 무릎을 꿇고 눈물을 흘렸다.

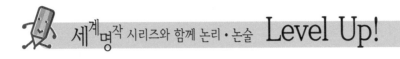

세계명작 시리즈와 함께 논리·논술 Level Up!

● 이해 능력 Level Up!

1. 아래 글을 읽고, 로빈슨 크루소 일행이 풍랑에서 겨우 구조되어 야마스에 도착했을 때 그곳 사람들이 보인 행동으로 알맞은 것을 고르세요.

　　구사일생으로 목숨을 건진 우리 일행이 야마스 거리에 도착한 것은 다음 날 아침 해가 뜰 무렵이었다. 야마스 시청 직원들이 나와서 난파선에서 간신히 살아남은 우리들에게 잠자리와 먹을 것을 마련해 주었다. 그리고 고향으로 돌아갈 수 있도록 여비까지 주었다.

1) 노예처럼 일을 시켰다.
2) 먹을 것을 주면서 일자리를 구해 주었다.
3) 먹을 것과 입을 것을 주기는커녕 모른 체했다.
4) 가지고 있는 것을 모조리 빼앗았다.
5) 잠자리와 먹을 것은 물론 고향 갈 여비까지 마련해 주었다.

2. 흑인 마을에서 표범에게 쫓기던 아이가 모래사장에 쓰러졌을 때 아이의 엄마가 한 일을 골라 보세요.

 1) 용감하게 돌을 던져서 표범을 쫓았다.
 2) 로빈슨에게 구해 달라고 사정했다.
 3) 아이의 몸을 자기 몸으로 감싸안았다.
 4) 아이를 안고 얼른 도망쳤다.
 5) 아이를 데리고 나무 위로 올라갔다.

3. 아래 글을 읽고, 로빈슨을 구해 준 선장이 흑인 소년 줄리를 달라고 한 이유를 찾아보세요.

선장은 잠시 생각에 잠겼다.
"그렇다면 줄리를 내게 주시오."
"네에? 줄리를요?"
"그동안 생사를 같이한 아이와 헤어진다는 것이 쉽지는 않겠지요. 그렇지만 아이는 영리해서 훈련만 잘 받으면 훌륭한 뱃사람이 될 수 있을 것 같소."
나는 줄리 자신을 위해서도 그 편이 더 나을 것 같아서 그렇게 하겠다고 말했다.

 1) 잘 훈련시켜서 훌륭한 뱃사람을 만들겠다고
 2) 흑인 소년의 고향에 데려다 주려고
 3) 상점의 점원을 시켜 돈을 벌게 하려고

4) 선장의 아들과 친구로 지내게 하려고

5) 사탕수수 농장으로 보내 일을 시키려고

4. 무인도에 도착한 로빈슨이 첫날 저녁에 잠을 잔 곳은 어디인가요?

1) 보트 안 2) 나무 위

3) 천막 안 4) 동굴속

5) 바위틈

5. 아래 글은 무인도에서 로빈슨이 첫 번째 집을 짓기 전에 생각한 내용입니다. 집을 짓기 알맞은 조건이 아닌 것은 무엇일까요?

'음, 여기가 좋겠어. 뒤쪽 절벽이 깎아 세운 듯해서 사람이나 짐승이 내려올 염려도 없고, 앞에 있는 초원을 거쳐 바다로 내려갈 수도 있고, 앞이 탁 트여서 바다를 내다볼 수도 있겠어. 바위산이 남서쪽으로 솟아 있으니 낮에 햇빛도 알맞게 들어올 것 같고…….'

1) 짐승들이 침입할 수 없는 곳

2) 바다로 쉽게 내려갈 수 있는 곳

3) 바다를 관찰하기 쉬운 곳

4) 주변의 경치가 아름다운 곳

5) 햇빛을 알맞게 쬘 수 있는 곳

6. 로빈슨이 울타리 근처에서 발견한 곡식은 무엇인가요?

   1) 밀과 보리   2) 콩과 보리

   3) 밀과 벼   4) 벼와 보리

   5) 팥과 수수

7. 로빈슨이 나무 절구를 만든 이유는 무엇인가요?

   1) 나무 절구 속에 물을 담아 두려고

   2) 돌 절구보다는 나무 절구가 더 근사해 보여서

   3) 근처에 나무가 많았기 때문에

   4) 밀을 빻아 가루로 만들려고

   5) 밀가루는 나무 절구에 빻아야 맛이 좋으므로

8. 아래 글을 읽고, 로빈슨이 앵무새를 기른 이유를 고르세요.

> '옳지, 저놈을 잡아서 말을 가르쳐 보자. 그러면 덜 외롭겠지.'
>   오랫동안 사람과 말을 하지 못했기 때문에 말할 상대가 그리워 견딜 수 없을 지경이었다.

   1) 말을 가르쳐서 친구로 지내려고

   2) 고기와 알을 얻으려고

   3) 육지로 편지를 배달하려고

   4) 사람들에게 구조 요청을 하려고

   5) 장식에 필요한 깃털을 얻으려고

9. 로빈슨이 처음 만든 통나무배를 바다에 띄울 수 없었던 결정적인
   이유는 무엇인가요?

   1) 너무 무거워서
   2) 돛이 너무 작아서
   3) 노를 저을 수가 없어서
   4) 바다와 너무 떨어져 있어서
   5) 강물이 너무 얕아서

10. 다음 글을 읽고, 로빈슨이 기르던 개가 죽은 이유는 무엇인지
    골라 보세요.

    개는 눈을 가늘게 뜨고 꼬리를
    힘없이 흔들면서 고통스러운 듯
    숨을 몰아쉬고 있었다. 독초라도
    먹은 것이 아닌가 해서 주위를 둘
    러보았지만, 아무것도 없었다.
    '아, 너무 늙어서 쓰러졌구나!'
    개는 이 섬에서 20년 넘게 나와
    함께 살았다.

    1) 앵무새와 싸우다가
    2) 맹수의 습격을 받아서
    3) 숲에서 독초를 뜯어 먹고
    4) 독사에게 목이 물려서
    5) 나이가 많아서

11. 로빈슨이 양산을 무기 다음으로 소중한 보물이라고 생각한 이유는 무엇일까요?

   1) 다른 곳에서는 구할 수 없는 물건이므로
   2) 햇빛을 피하려면 꼭 필요하니까
   3) 양가죽은 비싸니까
   4) 힘들여 정성껏 만든 물건이므로
   5) 나중에 구조되면 사람들에게 자랑하려고

12. 다음 글을 읽고, 난파선에서 가져온 것이 아닌 것을 고르세요.

　　선원실에는 선원의 소지품인 듯한 상자가 여남은 개 있었는데, 그중에서 탄환과 화약이 든 상자 두 개만을 꺼냈다. 주방에서 주전자 두 개와 구리 냄비 같은 요리 도구들도 꺼내 배에 실었다. −중략− 먼저 멋진 가죽 상자가 눈에 띄었는데, 그 안에는 은빛 마개의 최고급 술들이 들어 있었다. 선원용 셔츠, 구두 두 켤레도 요긴했다. 모시 손수건을 한 다스 반이나 얻은 것도 기쁜 일이었다.

   1) 주전자와 냄비　　　　2) 선원용 셔츠
   3) 구두 두 켤레　　　　　4) 보트 두 척
   5) 모시 손수건

13. 식인종의 포로가 되었던 청년에게 로빈슨이 제일 먼저 가르쳐
    준 것은 무엇인가요?

    1) 음식 만드는 법   2) 옷 만드는 법
    3) 양젖 짜는 법   4) 통나무배 만드는 법
    5) 농사짓는 법

14. 식인종의 포로였던 청년에게 '프라이데이'라는 이름을 지어 준
    이유는 무엇인가요?

    1) 청년을 구해 준 날이 금요일이었기 때문에
    2) 로빈슨이 섬에 온 날이 금요일이었기 때문에
    3) 청년의 생일이 금요일이었기 때문에
    4) 청년의 얼굴빛이 금빛으로 반짝거렸기 때문에
    5) 첫 농사의 곡식을 금요일에 추수했기 때문에

15. 다시 쳐들어온 식인종들과 한바탕 싸움을 하고 나서 에스파냐
    인을 구해 줄 때 식인종들이 타고 온 통나무배에 묶여 있던 흑인
    노인은 누구였나요?

    1) 흑인 나라의 추장
    2) 무역선의 기관장
    3) 에스파냐 배의 주방장
    4) 식인종 총지배인
    5) 프라이데이의 아버지

16. 로빈슨이 구출해 준 선장 일행은 다른 선원들의 항복을 받아 내
    려고 로빈슨을 무엇이라고 불렀나요?

    1) 섬 나라의 황제 폐하   2) 섬 나라의 총독 각하

    3) 범선의 새 선장님   4) 식인종의 우두머리

    5) 섬 나라의 목장 주인

17. 아래 글을 읽고, 답하세요. 로빈슨은 선장에게 반란을 일으킨
    선원들을 어떻게 하자고 했나요?

>   선장은 분노가 좀처럼 풀리지 않는 모양이었다.
>   "정 그렇다면 저자들을 이 섬에 남겨 놓으면 어떻겠습니까? 꼭 사
> 형을 시켜야 당신의 원한이 풀리겠습니까?"
>   선장은 그동안 겪은 수모를 떠올리며 분을 삭이지 못했지만, 마지
> 못해 내 말에 따르기로 했다.

    1) 식인종이 사는 섬으로 보내자.

    2) 영국으로 데리고 가서 사형시키자.

    3) 보트를 주어 바다에 띄워 보내자.

    4) 자기가 살던 섬에 남겨 두자.

    5) 항복을 받고 다시 선원으로 쓰자.

● 논리 능력 Level Up!

1. 로빈슨의 부모님은 왜 로빈슨에게 꼼짝 말고 집에만 있어 달라고
   했을까요?

_____

_____

2. 로빈슨이 폭풍우를 만나 고생을 했으면서도 다시 배를 탄 것은
   무엇 때문인가요?

_____

_____

3. 해적 두목의 노예가 되었던 로빈슨에게 탈출할 수 있는 기회가
   찾아왔습니다. 아래 글을 읽고, 로빈슨이 그 기회를 이용하려고
   어떤 준비를 했는지 써 보세요.

> 무에리는 아무런 의심도 하지 않고 빵을 가득 담
> 은 커다란 광주리와 음료수 병 세 개를 낑낑거
> 리며 가져왔다. 그동안에 나는 해적 선장의 집
> 에서 큼직한 꿀 항아리와 노끈과 실뭉치, 도끼,
> 끌, 톱 등 필요할 만한 물건들을 모두 챙겨 배 밑
> 바닥에 감추어 두었다.

_____

_____

4. 아래 글을 읽고, 로빈슨이 출입문을 따로 만들지 않고 울타리와
   사다리를 사용한 이유를 적어 보세요.

> 끝을 날카롭게 깎아서 굵은 밧줄로 묶어 놓으
> 면 맹수 걱정을 하지 않아도 될 것 같았다. 그
> 리고 울타리에 출입문을 따로 만들지 않고, 사
> 다리를 이용해 오르내리기로 했다. 집으로 들
> 어온 다음에 사다리를 올리면 아무도 들어올
> 수 없었다.

5. 사탕수수 농장을 운영하던 로빈슨은 안정된 생활이 보장되어 있
   었지만, 다시 배를 타겠다는 결정을 내렸습니다. 로빈슨은 왜 그
   런 결정을 내렸나요?

6. 무인도에서 생활하게 된 로빈슨은 왜 산양들을 산 채로 잡아서
   기르기 시작했을까요?

7. 로빈슨이 다시는 새끼가 딸린 산양을 사냥하지 않겠다고 맹세한
   이유는 무엇인가요?

8. 아래 글을 읽고, 로빈슨이 뿌린 씨앗에서 싹이 트지 않은 이유가
   무엇인지 찾아보세요.

> '한꺼번에 다 뿌렸다가 만약에 싹이 돋아나지
> 않으면 귀한 씨앗을 그냥 버리게 되는 거야.'
>   그래서 밀과 벼의 씨앗을 조금씩 남겨 두고,
> 반 정도만 땅에 뿌렸다. 우려했던 대로 며칠이
> 지나도 싹이 트지 않았다. 씨를 뿌린 후에 계속
> 가물었기 때문인 것 같았다.

● 논술 능력 Level Up!

1. 큰 배에 구조된 로빈슨은 선장에게 보답을 하려고 했지만, 선장은 거절을 했습니다. 누구나 다른 사람에게서 도움을 받은 경우가 있습니다. 그 도움을 다른 사람에게 다시 돌려주는 마음이 중요합니다. 이에 대해서 여러분은 어떻게 생각하는지 써 보세요.

2. 아래 글은 한밤중에 대포 소리를 듣고 밖으로 나간 로빈슨이 비가 억수같이 쏟아지는 가운데 아끼던 화약을 이용해서 불을 피우는 장면입니다. 그 이유는 무엇이었나요? 여러분이라면 어떻게 했을지 적어 보세요.

> 나는 다시 천막에서 화약 주머니를 짊어지고 나와 고목 더미 위에 화약을 뿌렸다. 내게는 귀중한 화약이었지만, 사람들의 목숨을 구하는 일이라고 생각하니 아깝지 않았다. 고목에 불을 당기자 금세 굉장한 기세로 타올랐다.

3. 로빈슨은 어렸을 때부터 바다를 좋아했습니다. 그래서 바다를 맘껏 여행하며 모험을 펼쳐 보았으면 좋겠다는 꿈을 간직하고 있었습니다. 여러분의 꿈은 무엇인가요? 미래의 여러분이 지금의 여러분에게 쓰는 편지글로 꾸며 보세요.

_____

_____

_____

_____

4. 로빈슨은 고향을 그리워하는 프라이데이에게 통나무배를 타고 혼자라도 고향으로 돌아가라고 했습니다. 여러분이 프라이데이라면 어떻게 했을지 생각해 보세요.

_____

_____

_____

_____

5. 로빈슨이 무인도에 도착했을 때 가지고 있었던 것은 주머니칼 한 자루와 파이프, 약간의 담배뿐이었습니다. 여러분이 무인도에 간다면 꼭 가지고 가고 싶은 것 두 가지를 적고, 그 이유를 설명해 보세요.

6. 아래 글을 읽고, 로빈슨이 사람을 잡아먹은 식인종을 보고도 총을 쏘지 않은 이유는 무엇이었는지, 여러분이 로빈슨이 되어 설명해 보세요.

'쏘아 버릴까?'

나는 총을 그들에게 겨누었다가 그만두었다. 놈들의 숫자가 워낙 많았던 것이다. 아무리 술에 취해 있다고 해도 서른 명 가까이 되는 사람들을 한꺼번에 쏘아 맞힐 수는 없는 노릇이었다. 만약에 실패해서 한 놈이라도 살아남는다면 그는 틀림없이 복수를 하러 다시 올 것이다.

7. 아래 글은 로빈슨이 프라이데이에게 영어를 가르치고, 다른 것들
   도 가르치기로 마음먹는 장면입니다. 그런 로빈슨에게 프라이데
   이는 고마움을 느꼈습니다. 여러분이 프라이데이가 되어 그 고마
   움을 일기글로 써 보세요.

> 나는 말을 가르쳐 주기로 하고, 먼저 그에게 프라이데이(금요일)라
> 는 이름을 지어 주었다. 그를 구해 준 날이 금요일이었기 때문이다.
> 그 다음에는 나에게 "주인님."이라고 부르라고 가르치고, "네."와
> "아니오."라는 말을 쓰는 것도 알려 주었다. 눈치가 빠른 그는 몇 번
> 되풀이하지 않고도 쉽게 말을 배웠다. 나는 그를 잘 가르쳐 훌륭한
> 청년으로 만들어야겠다고 마음먹었다.

8. 로빈슨 크루소의 이야기가 우리에게 주는 교훈은 무엇인가요? 여
   러분이 로빈슨 크루소라면 어떻게 했을지 글로 표현해 보세요.

풀이

이해 능력 Level Up!

1. 5)	2. 3)	3. 1)	4. 2)	5. 4)
6. 3)	7. 4)	8. 1)	9. 4)	10. 5)
11. 4)	12. 4)	13. 3)	14. 1)	15. 5)
16. 2)	17. 4)			

논리 능력 Level Up!

1. 첫째 아들은 스페인 전쟁에 나가서 전사하고, 둘째는 집을 나가서 행방불명이 되었기 때문에 로빈슨의 아버지는 셋째 아들만은 곁에 남아 있기를 바랐다.

2. 어렸을 때부터 바다를 여행하고 싶었던 로빈슨은 친구 아버지인 선장에게 아프리카 무역을 하면 좋은 경치도 맘껏 구경하고 돈도 많이 벌 수 있었다는 말을 듣고서는 다시 바다로 나가고 싶어했다.

3. 무에리에게 식량과 물을 챙기게 하고, 해적 선장의 집에서 큼직한 꿀 항아리와 노끈과 실뭉치, 도끼, 끌, 톱 등 필요한 물건들을 챙겨 배 밑바닥에 숨겨 두었다. 총과 탄약도 함께 챙겼다.

4. 식인종과 맹수들의 침입을 막으려고 출입문을 따로 만드는 대신 사다리를 놓았다.

5. 날마다 반복되는 생활이 점점 답답해지자 소년 시절부터 품고 있던

모험심이 되살아났다. 그러던 중 이웃 마을 사람들에게 기니아와 무역하던 이야기를 해 주었고, 그 이야기를 들은 사람들이 로빈슨에게 함께 항해를 떠나자고 부탁했던 것이다.

6. 산양을 기르면 양젖을 먹을 수도 있고, 쓸쓸한 로빈슨에게는 친구가 될 수도 있을 것이다. 그리고 나중에는 양을 잡아먹을 수도 있으니 일석이조라고 할 수 있다.

7. 새끼 산양이 아무것도 먹지 않고 죽은 어미의 젖에 매달려 있는 것을 보고 마음이 아팠기 때문이다.

8. 씨앗을 뿌린 시기가 건기였기 때문에 가뭄이 들어서 곡식이 싹을 틔울 수 없었다.

논술 능력 Level Up!

1. 예시 : 그 선장은 이렇게 대답했습니다. "보답을 받으려고 당신을 구한 것이 아니오. 위급할 때 서로 도와주는 건 바다 사나이로서 당연한 의무지. 나 역시 언제 어디서 배가 난파되어 다른 사람에게 구조될지 모르는 일이니 그런 생각은 아예 하지 말아요." 참으로 멋진 말입니다. 우리는 혼자 살 수 없습니다. 누군가의 도움을 받기도 하고, 또 어떤 때에는 나의 도움을 필요로 하는 사람에게 도움을 주기도 합니다. 이것은 우리가 사람답게 사는 아름다운 방법이기도 합니다. 어떤 도움을 주었다고 해서 그 대가를 바라기만 한다면 그것은 진정한 도움이 될 수 없습니다. 특히 주변의 어려운

이웃에게 도움을 주는 일은 그들에게도 기쁨이지만 내게도 크나큰 기쁨이 됩니다. 그러므로 우리는 항상 어려운 사람을 도울 수 있는 열린 마음으로 살아야 합니다.

2. 예시 : 로빈슨은 험한 풍랑 속에서 살아남은 사람입니다. 그리고 다른 선박의 도움을 받은 적도 있습니다. 어려움에 처했을 때, 작은 희망을 발견하는 것보다 더 확실한 생존 방법은 없습니다. 그리고 로빈슨은 그 작은 희망의 힘을 누구보다도 잘 알고 있는 사람입니다. 그래서 자기가 아끼는 소중한 화약이지만 도움의 손길을 기다리는 그들을 위해 기꺼이 불을 지핀 것입니다. 그렇게 하면 불길이 피어오르는 모습을 보는 것만으로도 난파선에서 곤경에 처한 선원들은 큰 힘을 얻을 수 있을 것 같았기 때문입니다. 그렇지만 한편으로는 맹수들과 싸워야 하고 식인종들의 공격에도 맞서야 하므로 화약을 사용하는 것은 좀 더 신중하게 생각했어야 한다고 생각합니다. 억수같이 비가 오기는 하지만 나뭇가지에 불을 붙이는 방법을 사용했더라면 난파선 위에 있는 선원들은 불길을 볼 수 있었을 것입니다.

3. 예시 : ○○야, 너는 예전에 과학자가 되고 싶어했지. 로빈슨처럼 멋지게 바다를 항해하다가 신나는 모험을 즐기는 것도 좋지만, 훌륭한 과학자가 되어서 여러 사람들에게 도움을 줄 수 있기를 원했어. 그래서 항상 새로운 것에 흥미를 가지고, 탐구하려고 했지. 간혹 게임기나 라디오를 분해하다가 어머니한테 야단을 맞기도 했지만 말이야. 정말로 훌륭한 과학자가 되려면 무엇보다 열심히 공

부해야 한다는 사실을 잊지 않기를 바란다.

4. 예시 : 프라이데이에게는 기다리는 부모 형제가 있었습니다. 목숨을 구해 준 로빈슨에게 아무리 고마운 마음이 들더라도 우선 자식이 돌아오기만을 기다리는 부모에게 돌아가는 것이 옳다고 생각합니다. 그리고 로빈슨이 베풀어 준 은혜에 대해서는 나중에 다시 섬에 와서 로빈슨을 구해 주면 될 것입니다.

5. 예시 : 불을 켤 수 있는 라이터와 공책을 가지고 가겠습니다. 불은 무인도에서 살아가려면 꼭 필요한 것입니다. 맹수와도 싸워야 하고 음식을 익혀 먹으려면 불은 꼭 필요합니다. 그리고 내가 무인도에서 살면서 보고 느낀 것을 공책에 일기로 적겠습니다. 그래서 무인도에서 구출된 다음에 나의 모험담을 책으로 펴내고 싶습니다.

6. 예시 : 총을 식인종들에게 겨누었지만 그만두었습니다. 무엇보다 놈들의 수가 너무 많았기 때문이지요. 아무리 그들이 술에 취해 있었다고는 해도 혼자 힘으로 서른 명을 상대할 수는 없었거든요. 총으로 그 녀석들을 쏘아 쓰러뜨린다 해도 혹시 살아서 돌아간 녀석이 일행을 몰고 다시 나타나면 꼼짝없이 복수를 당하고 말았을 것입니다.

7. 예시 : 오늘은 주인님에게 많은 것을 배웠다. 내 이름이 왜 프라이데이인지도 배우고, 포크와 나이프를 쓰는 법과 밀을 심은 밭을 어떻게 김을 매야 하는지도 배웠다. 그리고 주인님은 오늘 저녁

식사 후 성경을 읽어 주셨다. 나도 우리 주인님처럼 훌륭한 신사가 되고 싶다.

8. 예시 : 로빈슨 크루소의 모험 이야기는 언제 읽어도 재미있습니다. 그것은 어린이라면 누구나 꿈꾸는 모험의 세계이기도 하지만, 무엇보다 어떠한 역경에 처하더라도 희망을 잃지 않고 살아가는 인간의 위대한 힘을 발견하기 때문일 것입니다. 누구나 자신에게 어려운 일이 닥치면 절망하고 자기 주변의 환경을 탓하게 됩니다. 그러나 우리는 그 어떤 일이 있더라도 남을 탓해서는 안 됩니다. 오히려 그 역경을 정면으로 받아들이고, 더 큰 행운의 시작이라고 생각하는 편이 역경을 헤쳐 나가는 데 도움이 됩니다. 그러므로 우리 모두는 언제나 좌절하지 말고 희망과 용기를 가지고 씩씩하게 앞으로 나아가야 할 것입니다.

초등학생이 꼭 읽어야 할 세계 명작 시리즈